WEIHNACHTSGESCHICHTEN

FÜR GLÜCKLICHE STUNDEN

Herausgegeben von Jürgen Hosemann
und Sascha Michel

FISCHER Klassik

Aus Verantwortung für die Umwelt hat sich der S. Fischer Verlag zu einer nachhaltigen Buchproduktion verpflichtet. Der bewusste Umgang mit unseren Ressourcen, der Schutz unseres Klimas und der Natur gehören zu unseren obersten Unternehmenszielen.

Gemeinsam mit unseren Partnern und Lieferanten setzen wir uns für eine klimaneutrale Buchproduktion ein, die den Erwerb von Klimazertifikaten zur Kompensation des CO_2-Ausstoßes einschließt.

Weitere Informationen finden Sie unter: www.klimaneutralerverlag.de

MIX
Papier aus verantwortungsvollen Quellen
FSC® C014496

Originalausgabe

Erschienen bei FISCHER Taschenbuch
Frankfurt am Main, Oktober 2021

Satz: Dörlemann Satz, Lemförde
Druck und Bindung: GGP Media GmbH, Pößneck
Printed in Germany
ISBN 978-3-596-90422-8

Inhalt

I »Das Weihnachtsfest war nahe«

II »Die Weihnachtsgeschichte war meine Geschichte«

III »Und dann kann Ostern kommen«

I

»Das Weihnachtsfest war nahe«

JOACHIM RINGELNATZ

Draußen schneit's

Wir hatten ein Schaukelpferd vorher gekauft.
Aber nachher kam gar kein Kind.
Darum hatten wir damals das Pferd dann Bubi getauft. –

Weil nun die Holzpreise so unerschwinglich sind;
Und ich nun doch schon seit Donnerstag
Nicht mehr angestellt bin, weil ich nicht mehr mag;
Haben wir's eingeteilt. Und zwar:
Die Schaukel selbst für November,
Kopf und Beine Dezember,
Rumpf mit Sattel für Januar.

Ich gehe nie wieder in die Fabrik,
Ich habe das Regelmäßige dick.
Da geht das Künstlerische darüber abhanden.
Wenn die auch jede Woche bezahlen,
Aber nur immer Girlanden und wieder Girlanden
Auf Spucknäpfe malen,
Die sich die Leute doch nie begucken,
Im Gegenteil noch drauf spucken, –
Das bringt ja ein Pferd auf den Hund.

Als freier Künstler kann ich bis mittags liegen
Bleiben. – Na und die Frau ist gesund.
Es wird sich schon was finden, um Geld beizukriegen.
Anna und ich haben vorläufig nun
Erst mal genug mit dem Bubi zu tun.
Rumpf zersägen, Beine rausdrehn,
Nägel rausreißen, Fell abschälen.

Darüber können Wochen vergehn.
Das will auch gelernt und verstanden sein,
Sonst kann man sich daran zu Tode quälen.
Solches Holz ist härter als Stein.
Dann spalten und Späne zum Anzünden schneiden
Und tausenderlei.
Aber das tut uns gut, uns beiden,
Sich mal so körperlich auszuschwitzen.

Außerdem kann man ja dabei
Ganz bequem auf dem Sofa sitzen;
Raucht seine Pfeife, trinkt seinen Tee,
Und vor allem: Man ist eben frei!
Man hat sein eigenes Atelier.
Man hat seinen eigenen Herd;
Da wird ein Feuerchen angemacht –
Mit Bubipferd –,
Daß die Esse kracht.
Und die Anna singt und die Anna lacht.
Da können wir nach Belieben
Die Arbeit auf später verschieben.

Denn wenn man das Gas uns sperren läßt
Oder kein Bier ohne Bargeld mehr gibt,
Dann kriechen wir gleich nach Mittag ins Nest
Und schlafen, solange es uns beliebt.

Freilich: Der feste Lohn fällt nun fort,
Aber die Freiheit ist auch was wert.
Und das mit dem Schaukelpferd
Ist jetzt unser Wintersport.

JOSEPH ROTH

Weihnachten in Cochinchina

Es geschah an einem der wunderbaren Tage, die dem Anbruch der Weihnachtsferien mit angehaltenem Atem vorangingen und die ich damals den schulfreien Zeiten ebenso vorzog, wie ich heute den Tag meiner Abfahrt einer langen Reise vorziehe, daß der Herr Lehrer sagte:

»Jungens, wer fünf Pfennige hat, kommt heute nachmittag hierher in die Klasse, wir gehen ins Weltpanorama!«

Ich streckte zwei Finger in die Höhe und sagte: »Ich habe keine fünf Pfennige!«

Einen Augenblick herrschte Schweigen, wie wenn der Herr Direktor inspizieren gekommen wäre. Der Lehrer hatte sich umgewandt, den Rücken kehrte er der Klasse zu, das Angesicht der Tafel, als glaubte er, daß von ihr ein Gedanke komme, daß auf ihrer matten, schwarzen Fläche ein unsichtbarer Engel mit weißer Kreide einen guten Rat hinschreiben könnte. Wahrscheinlich geschah etwas Ähnliches. Denn nach ungefähr einer Minute wandte der Lehrer sein Gesicht wieder der Klasse zu und sagte zu mir, der ich immer noch stand: »Setz dich vorderhand!«

In der Pause kam der Schuldiener in den Hof und holte mich zum Herrn Direktor in die Kanzlei.

»Zeig deine schmutzigen Finger her!« schrie der Herr Direktor.

Ich hielt beide Hände in die Luft, waagrecht vor mich hin.

Der Herr Direktor beugte sich ein wenig hinab, um sie zu betrachten. Er hatte aber nicht den goldgeränderten Zwicker angelegt, wie er es sonst zu tun pflegte, wenn er etwas ernstlich zu untersuchen entschlossen war. Ich wußte bereits, daß es sich um etwas ganz anderes handelte als um meine schmutzigen Finger.

»Du gehst heute mit ins Weltpanorama, ohne zu zahlen!« sagte der Herr Direktor. Vielleicht hätte er mir noch etwas mitzuteilen gehabt. Aber es läutete schon. Deshalb murmelte er nur: »Geh in die Klasse!«

Ich kratzte mit einem Fuß die Diele und ging.

Am Nachmittag um drei Uhr, die Dämmerung lauerte schon an den Fenstern, brachen wir auf zum Weltpanorama.

Es lag in einer stillen, kleinen Gasse und sah von außen einem gewöhnlichen Laden ähnlich. Über der Glastür hing eine rotweiße Fahne. Öffnete man die Tür, so erklang eine Glocke wie ein Gruß. Am Eingang saß eine Dame wie eine grauhaarige Königin und verkaufte Eintrittskarten. Drinnen war es dunkel, warm und sehr still. Sobald sich die Augen an die Dunkelheit gewöhnt hatten, erblickten sie einen Kasten, rund wie ein Karussell, hoch wie der halbe Raum, mit Gucklöchern in Manneshöhe die ganze Rundung entlang, in Abständen von etwa je zwanzig Zentimetern. Die Gucklöcher an dem Kasten leuchteten wie Katzenaugen in der Finsternis. Man ahnte, daß der Kasten innen hohl und beleuchtet war. Unten stahl sich aus seinem Innern ein schwacher, geheimnisvoller Schimmer und verschwamm auf dem Fußboden. Vor jedem Guckloch-Paar stand ein runder Klaviersessel.

»Setzen!« sagte der Herr Lehrer, es klang wie in der Klasse, aber in der Finsternis war es kein Befehl, sondern nur eine Art milder Einladung.

Wir rückten mit den Stühlen, ich saß, weil ich zu klein war, nicht ganz, sondern hatte den runden Sessel gleichsam halb gelüftet und preßte meine Nase gegen die Wand des Kastens, meine Augen gegen die Gucklöcher, die von Metall umrahmt waren.

Drinnen erschienen Bilder aus Cochinchina. Der Himmel war blau, unendlich, strahlend. Es war jene Art von sommerlichem Blau, das so aussieht, als hätte es in sich eine Menge Sonnengold verschluckt, verwischt, zerrieben und in noch mehr Blau verwandelt. Man hatte die Empfindung, daß dieser blaue Himmel strahlen müßte, auch wenn er keine Sonne zu tragen hätte. Aber zum Überfluß schien auch noch die Sonne. Nach dem zweiten Bild wußte ich nicht mehr, daß draußen Dezember war und Regen in gasförmigem Aggregatzustand in der Luft.

Die Sonne rann aus dem Kasten durch die Augen ins Herz und gleichzeitig in die Welt. Unbeweglich wie eine Art Naturtürme ragten riesenhohe Palmen und warfen einen kurzen, mittäglichen Schatten, der sich scharf und schwarz auf dem gelben Boden abzeichnete. Weiße Männer in Tropenhelmen standen da wie eingeklebt, mitten im Gehen aufgehalten, ein Fuß schwebte immer noch in der Luft – und man glaubte, er werde die Erde berühren, sobald das nächste Bild erschienen wäre. Man sah halbnackte Eingeborenenfrauen mit erregenden Brüsten, wie schöne, bronzene Kegel, die allzuschnell verschwanden, und mit blauen Lendenschurzen, die gewiß abgefallen wären, wenn man die Bilder hätte halten können. Man sah eine Schule im Freien. Eine vollkommen zugeknöpfte Lehrerin aus Europa unterrichtete völlig nackte Kinder. Alle hielten Schiefertafeln im Schoß und saßen auf ihren eigenen Füßen. Nur die Lehrerin saß erhöht auf einem umgelegten Baum, einem Elementarkatheder. Man sah Fischer und Badende, einen Radfahrer mit einem Girardihut und eine Dame mit einem wehenden Reiseschleier, der hinter ihr weiß und waagrecht durch die Luft schwamm, wie Rauch hinter dem Schornstein eines Dampfers. Sooft ein neues Bild erschien, räusperte sich etwas im Kasten, wie in alten Uhren, ehe sie schlagen. Dann erklang ein leiser, heller, lieblicher Gongschlag. Dann erfolgte eine leise Erschütterung, es bebte das Gefüge des runden Apparates, als ächzte er unter der Mühe, so viele fremde, ferne Welten heranzuholen. Immer tiefer wurde das Blau, strahlender das Weiß, goldener die Sonne, azuren wurde das Grün, aufregender die regungslosen Frauenleiber, anmutiger die nackten Kinder.

Nach einer halben Stunde wiederholte sich das erste Bild.

Da ertönte die Stimme des Lehrers wie Dezember: »Aufstehn!«

Ich trottete betäubt nach Hause. Es war, als wäre der Dezember ein Traum, der bald vorbei sein, und Cochinchina die Wirklichkeit, in die ich bald erwachen müßte. So blieb es eigentlich viele Jahre lang. In mir lag Cochinchina, wie in jenem Kasten.

Vor einem Jahr, um die Weihnachtszeit, kam ich in eine kleine Stadt. In einer schmalen, engen Gasse erblickte ich ein Schild: »Weltpanorama« stand darauf. »Cochinchina!« jubelte meine Erinnerung. Ich ging hinein – nicht mehr umsonst, es kostete fünfzig Pfennige für Erwachsene, zu denen ich merkwürdigerweise gezählt wurde. Es war fast leer. Der Kasten räusperte sich, der Gong schlug an, genau wie damals. Aber auf den Bildern war nicht mehr Cochinchina zu sehen. Man zeigte vielmehr die Schweiz. – Leider. – Mitten im Winter. – Schneegipfel. – Ein Hotel mit modernem Komfort, mit einer Lesehalle. – Ich lehnte mich zurück. Zwei Stühle von mir entfernt saß ein Herr. Er sah, wie mir schien, leidenschaftlich interessiert durch die Gucklöcher. Welch ein langweiliger Kerl! dachte ich voller Gehässigkeit, mitten in der Weihnachtszeit.

Als ich aber wieder draußen stand, wurde ich sanft und gerecht. Vielleicht – so dachte ich – hat er in seiner Knabenzeit gerade die Schweiz sehen dürfen. – Umsonst. – Vor Weihnachten. – Und: schließlich hat jeder sein Cochinchina.

Das Weihnachtsfest war nahe

Wir konnten die Tage bis zum 24. Dezember schon an den Fingern abzählen, als sich etwas begab, das uns in die größte Aufregung versetzte. Vor unsern Nasen gleichsam verschwanden unsere Puppen. Auf einmal waren sie alle fort. Eine vollständige Puppenauswanderung hatte stattgefunden. Das Bett, in das meine Schwester gestern noch ihre älteste Tochter, die große Christine, schlafen gelegt hatte – leer. Die Angehörigen Christines hinweggefegt, als ob sie nie da gewesen wären. Meine blonde Fanchette, die freilich von der Blondheit nur noch den Ruf besaß – denn eine geduldige Friseurin war ich nicht –, ebenfalls unauffindbar. Wir kramten vergeblich nach ihr in unsern Laden, durchforschten alle Schränke und Winkel. Wir liefen ins Kinderzimmer und klagten die armen kleinen Brüder des Raubes unserer Puppen an. Daß wir auch im vorigen Jahre kurze Zeit vor Weihnachten denselben Jammer erlebt und dann unter dem Christbaum ebenso viele Puppen, als wir vermißt hatten, mit glänzend lackierten Gesichtern, reichem Gelock und schön gekleidet sitzen sahen, fiel uns nicht ein. Oh, wir waren dumme Kinder! Ich glaube nicht, daß es heutzutage noch so dumme Kinder gibt.

Pepinka, ärgerlich über die Nachgrabungen, die wir nun auch in dem von ihr beherrschten Reiche zu unternehmen begannen, ließ sich zu einem unvorsichtigen Wort hinreißen. »Geht, geht! Sucht eure Puppen dort, wo sie sind.«

Wir ließen nicht nach, gaben ihr keine Ruhe, bis sie endlich, um uns loszuwerden, sagte: »Die kleine Greißlerin hat sie gestohlen. Grad ist sie mit der Christine über die Gasse gelaufen.«

Gestohlen also! Unsere Kinder gestohlen! Durch die kleine Greißlerin – oh, das leuchtete uns ein. Der konnte man alles Schlechte zutrauen. Ihre Mutter hatte einen Laden, gerade unter einem der Fenster des Kinderzimmers. Wir kauften dort die Glas- und Steinkugeln, mit denen wir eine Art Kriegsspiel spielten. Von der Mutter erhielten wir immer fünf Stück für einen Kreuzer, von der Tochter nur drei. Genügte das nicht, um uns ein Licht aufzustecken über das ganze Wesen dieser Person? Sie, natürlich, war die Puppenentführerin, sie lief herum mit der Christine, an ihr mußte Rache genommen werden. Es mußte! Ich war Feuer und Flamme dafür, und es gelang mir, meine Schwester davon zu überzeugen. Auch die sanfteste Mutter kann grausam werden, wenn es Kindesraub zu bestrafen gilt. Am liebsten würden wir die Missetäterin durchgeprügelt haben – woher aber die Gelegenheit dazu nehmen? Sie bei der Frau Greißlerin verklagen? Ach, die tut ihr nichts, die fürchtet sich selbst vor ihr. Was also soll geschehen? Was für ein Gesicht soll unsere Rache haben? Ein schwarzes! – machten wir endlich aus. Es war beschlossen, was der Diebin geschehen soll: Wir werden ihr Tinte auf den Kopf gießen.

Pepinka war ins Nebenzimmer zu den Kleinen gegangen und hatte die Tür geschlossen; wir glaubten unser nichtsnutziges Vorhaben ungestört ausführen zu können. Ich holte eilends das Fläschchen herbei, das unsern Tintenvorrat enthielt; wir schoben in das Fenster, unter dem der Greißlerladen sich befand, einen Schemel und bestiegen ihn. Meine Schwester öffnete den inneren Fensterflügel und mit Mühe nur ein wenig den äußeren, und ich steckte den mit der Tintenflasche bewaffneten Arm durch den Spalt. Jetzt – hinunter mit dem Guß! Hinunter auf die Greißlerin, die natürlich nichts Besseres zu tun hat, als dazustehen und ihm ihr schuldiges Haupt darzubieten.

Die spanische Armada war einst nicht siegesgewisser ausgezogen als wir zu unserer Unternehmung – und ihr Schicksal teilten wir. Die Elemente erhoben sich wider uns. Es stürmte an dem Tage im Rotgäßchen wie anno 1588 auf dem Atlantischen Ozean, und noch dazu gab's ein Gestöber von weichem Schnee. Ein Windstoß entriß meiner Schwester den Fensterflügel und schlug ihn gleich darauf so schnell wieder zu, daß ich kaum Zeit hatte, meinen ausgestreckten Arm zurückzuziehen und das Tintenfläschchen vor dem Sturze zu retten. Sein Inhalt übersprühte die Glasscheibe, tropfte, mit Schnee und Regen vermischt, vom Fenstersimse herab, umhüllte meine Finger mit der Farbe der Trauer.

Laut und lebendig gestaltete sich der Schluß des ganzen Abenteuers. Pepinka mußte etwas von unserm Treiben vernommen haben, denn plötzlich stürzte sie herbei. Ihr Antlitz glich dem rot aufgehenden Mond, ihre Haubenbänder flogen – ich weiß noch gut, daß sie eidottergelb waren. »Ihr Verdunnerten!«, rief sie. »Jesus, Maria und Josef, Fenster aufreißen, mitten im Winter! Was fällt euch ein, ihr, ihr ...« Der Rest sei Schweigen. Mögen die Ehrentitel, mit denen sie uns ausstattete, der Vergessenheit anheim fallen.

ILSE AICHINGER

Vor der langen Zeit

Ich glaube, ich war damals acht oder neun Jahre alt. Ich sehe die Laienschwester vor mir, eine der Schwestern, die aufräumen und die – zum Unterschied zu den höheren Ordensfrauen – die weißen Hauben tragen. Ich sehe sie gegen die halbgeöffneten Fenster des Festsaals, das helle und ein wenig verdrossene Licht des frühen Nachmittags und den Staub, der wie Weihrauch aufsteigt und sich in diesem Licht bewegt, gegen die kahlen feuchten Äste draußen im halben Wind. Und dann erinnere ich mich. Ich erinnere mich der Stunde, die diesem Staub und diesem Licht und dieser Schwester aufgesetzt ist: es ist kurz nach drei Uhr nachmittags, am dreiundzwanzigsten Dezember. Und ich weiß in diesem Augenblick, daß jetzt Weihnachten ist, zu dieser Stunde, daß es jetzt schon ist, nicht morgen, und daß nichts sie überbieten wird. Es ist eine Stunde ohne Stern im Finstern, ohne Schnee, ohne Baum, und die Kuppel der russischen Kirche drüben in dem milchigen Himmel sieht aus, als wäre auch sie von Staub überzogen. Und doch weiß ich in diesem Moment: Es ist jetzt. Und wenn alles dagegenspräche: Weihnachten ist jetzt. Aber alles vergewissert mich dessen: die halbabgewandte Schwester mit Besen und Schaufel in den Händen, die auf den Kopf gestellten Sessel und die Stimmen der anderen, die sich an der Pforte unten verabschieden, ehe sie in die Ferien gehen. Ich gehe langsam durch den dunklen Raum, in dem die Kirchenschleier aufbewahrt werden, an dem Sprechzimmer mit den gläsernen Türen und den Gummibäumen vorbei. Ich läute unten und lasse mir von der Pfortenschwester Mantel und Mütze in Ordnung bringen und sage »Fröhliche Weihnachten«, ehe ich gehe. Und dabei denke ich noch einmal an den verlassenen Festsaal, an die Stunde, die ich verließ.

Es gab Jahre, in denen Weihnachten schon auf den zweiten Dezember fiel, auf einen Augenblick, in dem wir uns auf einer Truhe im Gang die etwas zu engen Schneeschuhe überzuziehen versuchten. Und im Grunde fiel es mit jedem Jahr, das ich älter wurde, früher. Einmal auf einen Augenblick im Oktober, in dem meine Großmutter den Wächter im Botanischen Garten fragte, weshalb heute schon früher gesperrt würde – einmal sogar mitten in den September hinein.

Und die Zeit, die zwischen diesem Augenblick und dem heiligen Abend verstrich, war keine Zeit, war viel eher ein Teil des Raumes geworden, ein dunkler stiller Flügel, der sich gefaltet hatte über dem Rattern der Straßenbahnen, dem Küchenlärm am Sonntag, der Stimme des Geographielehrers am halben Vormittag. Etwas, das zugleich abdämpfte und deutlich machte. Das die Angst, es könnte vorbei sein, diese ärgste Angst, Weihnachten könnte vorübergehen, beschwor, zur Gewißheit steigerte und damit ausschloß.

Viel später, als ich schon erwachsen war, erzählte mir jemand, er hätte an einem heißen Augusttag in der Nähe des Seebades Brighton aus einem kleinen Kofferradio das Lied »Stille Nacht« gehört. Da fiel mir meine Kindheit ein und ich dachte, vielleicht wären die Leute in dem Boot bei Brighton auf dem rechten Wege. Vielleicht müßte man, damit Weihnachten wieder auf Weihnachten fiele, das Jahr nach der andern Richtung hin durchstoßen, durch den Hochsommer, durch den April und den März, diese schwierigen und nüchternen Monate hindurchkommen, um wieder im Dezember zu sein. Vielleicht hängen die viel zu früh und viel zu oft an allen Bahnstationen und auf den verlassensten Autobushaltestellen errichteten Christbäume bis zu einem kleinen Grad auch mit der Angst zusammen, es könnte vorbei sein, Weihnachten, dieser lebengebende Augenblick, könnte irgendwann einmal nicht sein – mit dem Verlangen, die Zeit aus dem Raum zu drängen. Denn *die Angst hat ja zugenommen und das Verlangen auch.*

»Mutter, ich habe den heiligen Christ gesehen«, sagte das

Mädchen Sanna in der Erzählung *Bergkristall* von Stifter. Und es hat ihn in der heiligen Nacht gesehen, im rechten Moment. Jetzt wird es in Ruhe den Januar und den März kommen lassen, den Juni, Juli und August, und es wird auch am dreiundzwanzigsten Dezember des nächsten Jahres den Augenblick nicht vorwegnehmen. Was sollen wir aber tun, damit die Christnacht wieder in die Christnacht fällt? Wie sollen wir die Verschiebungen der Furcht und des Verlangens wieder von uns lösen und uns den Festen und Ernüchterungen anheimgeben, wie sie kommen?

Ich erinnere mich, daß es mir außer in der frühesten Kindheit nur mehr vor dem Krieg und im Krieg gelungen ist. Damals, als die äußere Bedrängnis der inneren zu Hilfe kam und beide zusammen wie zwei Engel den Augenblick wieder in sein Recht setzten.

In Österreich hatten zu Weihnachten 1938 Verfolgung und Unsicherheit für viele Familien begonnen. Auch wir hatten unsere Wohnung verlassen müssen und wohnten bei unserer Großmutter. Meine Schwester und ich lagen miteinander in einem Bett im Wohnzimmer, und auf dem Klavier neben dem Bett stand der Christbaum. Wenn man nachts erwachte und sich aufrichtete, konnte man zuweilen die Silberfäden in dem Ebenholz sich spiegeln sehen. Noch einmal brandete die Kindheit gegen alle Mauern, warf sich von dem eiskalten und unbewohnten Salon her gegen die Tür, zitterte mit den schlecht verkitteten Scheiben, wenn unten auf der kleinen Bahnlinie ein Lastwagen vorüberfuhr, in der Richtung nach Osten. Vielleicht waren es dieselben Lastwagen, die nur wenig später den Deportationen dienten – noch verteilte sich der Rauch der altmodischen Lokomotive wie Rauch auf dem Nachthimmel, noch dienten sie der Kindheit.

Aber vielleicht, daß diese beiden Dienste auf eine geheimnisvolle und undurchschaubare Weise zusammenfielen, daß die späteren furchtbaren und oft ohne Trost durchstandenen Leiden so vieler der kurzen und ebenso ungeschmälerten Freude dieses Festes zu Hilfe kamen. Denn vermutlich hat die äußerste Bedrängnis mit der äußersten Geborgenheit mehr zu tun als das Mittlere mit beidem von ihnen. Jedenfalls fiel in diesem Jahr, und auch in den folgenden noch um vieles elenderen, Weihnachten wieder auf Weihnachten wie in der frühesten allerersten Kinderzeit, uneingeschränkt und angstlos auf eine zugleich neue und uralte Weise.

Wenn man den Schmerz ermißt, von dem ich überzeugt bin, daß er dieser und aller Freude dient, der Kindheit, dem Christfest, den ungetrösteten und ungestillten Schmerz aller Jahrtausende, so ermißt man die Schulden, die von jedem von uns abzutragen sind. Wenn es uns gelänge, und sei es auch nur durch die Hinnahme der Ernüchterung, der Angst und Verwirrung dieser Zeit: Vielleicht fiele dann noch einmal der heilige Abend auf den heiligen Abend, die Stimme des Engels auch für uns wieder in die heilige Nacht.

Ein Weihnachtsengel

Mit den Tannenbäumen begann es. Eines Morgens, als wir zur Schule gingen, hafteten an den Straßenecken die grünen Siegel, die die Stadt wie ein großes Weihnachtspaket an hundert Ecken und Kanten zu sichern schienen. Dann barst sie eines schönen Tages dennoch, und Spielzeug, Nüsse, Stroh und Baumschmuck quollen aus ihrem Innern: der Weihnachtsmarkt. Mit ihnen aber quoll noch etwas anderes hervor: die Armut. Wie nämlich Äpfel und Nüsse mit ein wenig Schaumgold neben dem Marzipan sich auf dem Weihnachtsteller zeigen durften, so auch die armen Leute mit Lametta und bunten Kerzen in den besseren Vierteln. Die Reichen aber schickten ihre Kinder vor, um denen der Armen wollene Schäfchen abzukaufen oder Almosen auszuteilen, die sie selbst vor Scham nicht über ihre Hände brachten. Inzwischen stand bereits auf der Veranda der Baum, den meine Mutter insgeheim gekauft und über die Hintertreppe in die Wohnung hatte bringen lassen. Und wunderbarer als alles, was das Kerzenlicht ihm gab, war, wie das nahe Fest in seine Zweige mit jedem Tage dichter sich verspann. In den Höfen begannen die Leierkasten die letzte Frist mit Chorälen zu dehnen. Endlich war sie dennoch verstrichen und einer jener Tage wieder da, an deren frühesten ich mich hier erinnere.

In meinem Zimmer wartete ich, bis es sechs werden wollte. Kein Fest des späteren Lebens kennt diese Stunde, die wie ein Pfeil im Herzen des Tages zittert. Es war schon dunkel; trotzdem entzündete ich nicht die Lampe, um den Blick nicht von den Fenstern überm Hof zu wenden, hinter denen nun die ersten Kerzen zu sehen waren. Es war von allen Augenblicken, die das Dasein des Weihnachtsbaumes hat, der bänglichste, in dem er Nadeln und Geäst dem Dunkel opfert, um nichts zu sein als nur ein unnahbares und doch nahes Sternbild im trüben Fenster einer Hinterwohnung. Doch wie ein solches Sternbild hin und wieder eins der verlassenen Fenster begnadete, indessen viele weiter dunkel blieben und andere noch trauriger im Gaslicht der früheren Abende verkümmerten, schien mir, daß diese weihnachtlichen Fenster die Einsamkeit, das Alter und das Darben – all das, wovon die armen Leute schwiegen – in sich faßten.

Dann fiel mir wieder die Bescherung ein, die meine Eltern eben rüsteten. Kaum aber hatte ich so schweren Herzens, wie nur die Nähe eines sichern Glücks es macht, mich von dem Fenster abgewandt, so spürte ich eine fremde Gegenwart im Raum. Es war nichts als ein Wind, so daß die Worte, die sich auf meinen Lippen bildeten, wie Falten waren, die ein träges Segel plötzlich vor einer frischen Brise wirft: »Alle Jahre wieder, kommt das Christuskind, auf die Erde nieder, wo wir Menschen sind« – mit diesen Worten hatte sich der Engel, der in ihnen begonnen hatte, sich zu bilden, auch verflüchtigt. Doch nicht mehr lange blieb ich im leeren Zimmer. Man rief mich in das gegenüberliegende, in dem der Baum nun in die Glorie eingegangen war, welche ihn mir entfremdete, bis er, des Untersatzes beraubt, im Schnee verschüttet oder im Regen glänzend, das Fest da endete, wo es ein Leierkasten begonnen hatte.

HANS FALLADA

Lüttenweihnachten

»Tüchtig neblig heute«, sagte am 20. Dezember der Bauer Gierke ziellos über den Frühstückstisch hin. Es war eigentlich eine ziemlich sinnlose Bemerkung, jeder wußte auch so, daß Nebel war, denn der Leuchtturm von Arkona heulte schon die ganze Nacht mit seinem Nebelhorn wie ein Gespenst, das das Ängsten kriegt.

Wenn der Vater die Bemerkung trotzdem machte, so konnte sie nur eines bedeuten. »Neblig –?« fragte gedehnt sein dreizehnjähriger Sohn Friedrich.

»Verlauf dich bloß nicht auf deinem Schulwege«, sagte Gierke und lachte.

Und nun wußte Friedrich genug, und auf seinem Zimmer steckte er schnell die Schulbücher aus dem Ranzen in die Kommode, lief in den Stellmacherschuppen und »borgte« sich eine kleine Axt und eine Handsäge. Dabei überlegte er: Den Franz von Gäbels nehm' ich nicht mit, der kriegt Angst vor dem Rotvoß. Aber Schöns Alwert und die Frieda Benthin. Also los!

Wenn es für die Menschen Weihnachten gibt, so muß es das Fest auch für die Tiere geben. Wenn für uns ein Baum brennt, warum nicht für Pferde und Kühe, die doch das ganze Jahr unsere Gefährten sind? In Baumgarten jedenfalls feiern die Kinder vor dem Weihnachtsfest Lüttenweihnachten für die Tiere, und daß es ein verbotenes Fest ist, von dem der Lehrer Beckmann nichts wissen darf, erhöht seinen Reiz. Nun hat der Lehrer Beckmann nicht nur körperlich einen Buckel, sondern er kann auch sehr bösartig werden, wenn seine Schüler etwas tun, was sie nicht sollen. Darum ist Vaters Wink mit dem nebligen Tag eine Sicherheit, daß das Schulschwänzen heute jedenfalls von ihm nicht allzu tragisch genommen wird.

Schule aber muß geschwänzt werden, denn wo bekommt man einen Weihnachtsbaum her? Den muß man aus dem Staatsforst an der See oben stehlen, das gehört zu Lüttenweihnachten. Und weil man beim Stehlen erwischt werden kann und weil der Förster Rotvoß ein schlimmer Mann ist, darum muß der Tag neblig sein, sonst ist es zu gefährlich. Wie Rotvoß wirklich heißt, das wissen die Kinder nicht, aber er ist der Förster und hat einen fuchsroten Vollbart, darum heißt er Rotvoß.

Von ihm reden sie, als sie alle drei etwas aufgeregt über die Feldraine der See entgegenlaufen. Schöns Alwert weiß von einem Knecht, den hat Rotvoß an einen Baum gebunden und so lange mit der gestohlenen Fichte geschlagen, bis keine Nadeln mehr daran saßen. Und Frieda weiß bestimmt, daß er zwei Mädchen einen ganzen Tag lang im Holzschauer eingesperrt hat, erst als Heiligenabend vorbei war, ließ er sie wieder laufen.

Sicher ist, sie gehen zu einem großen Abenteuer, und daß der Nebel so dick ist, daß man keine drei Meter weit sehen kann, macht alles noch viel geheimnisvoller. Zuerst ist es ja sehr einfach: die Raine auf der Baumgartener Feldmark kennen sie: das ist Rothspracks Winterweizen, und dies ist die Lehmkuhle, aus der Müller Timm sein Vieh sommers tränkt.

Aber sie laufen weiter, immer weiter, sieben Kilometer sind es gut bis an die See, und nun fragt es sich, ob sie sich auch nicht verlaufen im Nebel. Da ist nun dieser Leuchtturm von Arkona, er heult mit seiner Sirene, daß es ein Grausen ist, aber es ist so seltsam, genau kriegt man nicht weg, von wo er heult. Manchmal bleiben sie stehen und lauschen. Sie beraten lange, und wie sie weitergehen, fassen sie sich an den Händen, die Frieda in der Mitte. Das Land ist so seltsam still, wenn sie dicht an einer Weide vorbeikommen, verliert sie sich nach oben ganz in Rauch. Es tropft sachte von ihren Ästen, tausend Tropfen sitzen überall, nein, die See kann man noch nicht hören. Vielleicht ist sie ganz glatt, man weiß es nicht, heute ist Windstille.

Plötzlich bellt ein Hund in der Nähe, sie stehen still, und als sie dann zehn Schritte weitergehen, stoßen sie an eine Scheunenwand. Wo sie hingeraten sind, machen sie aus, als sie um eine Ecke spähen. Das ist Nagels Hof, sie erkennen ihn an den bunten Glaskugeln im Garten.

Sie sind zu weit rechts, sie laufen direkt auf den Leuchtturm zu, und dahin dürfen sie nicht, da ist kein Wald, da ist nur die steile, kahle Kreideküste. Sie stehen noch eine Weile vor dem Haus, auf dem Hof klappert einer mit Eimern, und ein Knecht pfeift im Stall: es ist so heimlich! Kein Mensch kann sie sehen, das große Haus vor ihnen ist ja nur wie ein Schattenriß.

Sie laufen weiter, immer nach links, denn nun müssen sie auch vermeiden, zum alten Schulhaus zu kommen – das wäre so schlimm! Das alte Schulhaus ist gar kein Schulhaus mehr, was soll hier in der Gegend ein Schulhaus, wo keine Menschen leben – nur die paar weit verstreuten Höfe ... Das Schulhaus besteht nur aus 'runtergebrannten Grundmauern, längst verwachsen, verfallen, aber im Sommer blüht hier herrlicher Flieder. Nur, daß ihn keiner pflückt. Denn dies ist ein böser Platz, der letzte Schullehrer hat das Haus abgebrannt und sich aufgehängt. Friedrich Gierke will es nicht wahrhaben, sein Vater hat gesagt, das ist Quatsch, ein Altenteilhaus ist es mal gewesen. Und es ist gar nicht abgebrannt, sondern es hat leergestanden, bis es verfiel. Darüber geraten die Kinder in großen Streit.

Ja, und das nächste, dem sie nun begegnen, ist gerade dies alte Haus. Mitten in ihrer Streiterei laufen sie gerade darauf zu! Ein Wunder ist es in diesem Nebel. Die Jungens könnens nicht lassen, drinnen ein bißchen zu stöbern, sie suchen etwas Verbranntes. Frieda steht abseits auf dem Feldrain und lockt mit ihrer hellen Stimme. Ganz nah, wie schräg über ihnen, heult der Turm, es ist schlimm anzuhören. Es setzt so langsam ein und schwillt und schwillt, und man denkt, der Ton kann gar nicht mehr voller werden, aber er nimmt immer mehr zu, bis das Herz sich ängstigt und der Atem nicht mehr will –: »Man darf nicht so hinhören ...«

Jetzt sind es höchstens noch zwanzig Minuten bis zum Wald. Alwert weiß sogar, was sie hier finden: erst einen Streifen hoher Kiefern, dann Fichten, große und kleine, eine ganze Wildnis, gerade, was sie brauchen, und dann kommen die Dünen, und dann die See. Ja, nun beraten sie, während sie über einen Sturzacker wandern: erst der Baum oder erst die See? Klüger ist es, erst an die See, denn wenn sie mit dem Baum länger umherlaufen, kann sie Rotvoß doch erwischen, trotz des Nebels. Sind sie ohne Baum, kann er ihnen nichts sagen, obwohl er zu fragen fertigbringt, was Friedrich in seinem Ranzen hat. Also erst See, dann Baum.

Plötzlich sind sie im Wald. Erst dachten sie, es sei nur ein Grasstreifen hinter dem Sturzacker, und dann waren sie schon zwischen den Bäumen, und die standen enger und enger. Richtung? Ja, nun hört man *doch* das Meer, es donnert nicht gerade, aber gestern ist Wind gewesen, es wird eine starke Dünung sein, auf die sie zulaufen.

Und nun seht, das ist nun doch der richtige Baum, den sie brauchen, eine Fichte, eben gewachsen, unten breit, ein Ast wie der andere, jedes Ende gesund – und oben so schlank, eine Spitze so hell, in diesem Jahre getrieben. Kein Gedanke, diesen Baum stehenzulassen, so einen finden sie nie wieder. Ach, sie sägen ihn ruchlos ab, sie bekommen ein schönes Lüttenweihnachten, das herrlichste im Dorf, und Posten stellen sie auch nicht aus. Warum soll Rotvoß grade hierherkommen? Der Waldstreifen ist über zwanzig Kilometer lang. Sie binden die Äste schön an den Stamm, und dann essen sie ihr Brot, und dann laden sie den Baum auf, und dann laufen sie weiter zum Meer.

Zum Meer muß man doch, wenn man ein Küstenmensch ist, selbst mit solchem Baum. Anderes Meer haben sie näher am Hof, aber das sind nur Bodden und Wieks. Dies hier ist richtiges Außenmeer, hier kommen die Wellen von weit, weit her, von Finnland oder von Schweden oder auch von Dänemark. Richtige Wellen …

Also, sie laufen aus dem Wald über die Dünen.

Und nun stehen sie still.

Nein, das ist nicht mehr die Brandung allein, das ist ein seltsamer Laut, ein wehklagendes Schreien, ein endloses Flehen, tausendstimmig. Was ist es? Sie stehen und lauschen.

»Jung, Manning, das sind Gespenster!«

»Das sind die Ertrunkenen, die man nicht begraben hat.«

»Kommt, schnell nach Haus!«

Und darüber heult die Nebelsirene.

Seht, es sind kleine Menschentiere, Bauernkinder, voll von Spuk und Aberglauben, zu Haus wird noch besprochen, da wird gehext und blau gefärbt. Aber sie sind kleine Menschen, sie laden ihren Baum wieder auf und waten doch durch den Dünensand dem klagenden Geschrei entgegen, bis sie auf der letzten Höhe stehen, und – und was sie sehen ist ein Stück Strand, ein Stück Meer. Hier über dem Wasser weht es ein wenig, der Nebel zieht in Fetzen, schließt sich, öffnet den Ausblick. Und sie sehen die Wellen, grüngrau, wie sie umstürzen, weißschäumend draußen auf der äußersten Sandbank, näher tobend, brausend. Und sie sehen den Strand, mit Blöcken besät, und dazwischen lebt es, dazwischen schreit es, dazwischen watschelt es in Scharen …

»Die Wildgänse!« sagen die Kinder. »Die Wildgänse –!«

Sie haben nur davon gehört, sie haben es noch nie gesehen, aber nun sehen sie es. Das sind die Gänsescharen, die zum offenen Wasser ziehen, die hier an der Küste Station machen, eine Nacht oder drei, um dann weiterzuziehen, nach Polen oder wer weiß wohin, Vater weiß es auch nicht. Da sind sie, die großen, wilden Vögel, und sie schreien, und das Meer ist da und der Wind und der Nebel, und der Leuchtturm von Arkona heult, und die Kinder stehen da mit ihrem gemausten Tannenbaum und starren und lauschen und trinken es in sich ein –

Und plötzlich sehen sie noch etwas, und magisch verführt, gehen sie dem Wunder näher. Abseits, zwischen den hohen Steinblöcken, da steht ein Baum, eine Fichte wie die ihre, nur viel, viel höher, und sie ist besteckt mit Lichtern, und die Lichter flackern im leichten Windzug …

»Lüttenweihnachten«, flüstern die Kinder. »Lüttenweihnachten für die Wildgänse …«

Immer näher kommen sie, leise gehen sie, auf den Zehen – oh, dieses Wunder! – und um den Felsblock biegen sie. Da ist der Baum vor ihnen in all seiner Pracht, und neben ihm steht ein Mann, die Büchse über der Schulter, ein roter Vollbart …

»Ihr Schweinekerls!« sagt der Förster, als er die drei mit der Fichte sieht.

Und dann schweigt er. Und auch die Kinder sagen nichts. Sie stehen und starren. Es sind kleine Bauerngesichter, sommersprossig, selbst jetzt im Winter, mit derben Nasen und einem festen Kinn, es sind Augen, die was in sich 'reinsehen. Immerhin, denkt der Förster, haben sie mich auch erwischt beim Lüttenweihnachten. Und der Pastor sagt, es sind Heidentücken. Aber was soll man denn machen, wenn die Gänse so schreien und der Nebel so dick ist, und die Welt so eng und so weit und Weihnachten vor der Tür … Was soll man da machen …?

Man soll einen Vertrag machen auf ewiges Stillschweigen, und die Kinder wissen ja nun, daß der gefürchtete Rotvoß nicht so schlimm ist, wie sich die Leute erzählen …

Ja, da stehen sie nun: ein Mann, zwei Jungen, ein Mädel. Die Kerzen flackern am Baum, und ab und zu geht auch eine aus. Die Gänse schreien, und das Meer braust und rauscht. Die Sirene heult. Da stehen sie, es ist eine Art Versöhnungsfest, sogar auf die Tiere erstreckt, es ist Lüttenweihnachten. Man kann es feiern, wo man will, am Strande auch, und die Kinder werden es nachher in ihres Vaters Stall noch einmal feiern.

Und schließlich kann man hingehen und danach handeln. Die Kinder sind imstande und bringen es fertig, die Tiere nicht unnötig zu quälen und ein bißchen nett zu ihnen zu sein. Zuzutrauen ist ihnen das.

Das Ganze aber heißt Lüttenweihnachten und ist ein verbotenes Fest, der Lehrer Beckmann wird es ihnen morgen schon zeigen!

REINHOLD MESSNER

Weihnachten in der Antarktis

Ernest Shackletons Nimrod-Expedition 1908

Endlich stehen sie am Anfang des großen Plateaus, 2200 Meter hoch. Einer der größten Gletscher der Welt liegt unter ihnen. Die Eisoberfläche vor ihnen ist besser, keine Gletscherbrüche mehr, nur Spalten, die hier aber gut zu erkennen sind. Isoliert ragen Bergspitzen aus dem Inlandeis, Nunataks, um die sich das Eis windet. Es schneit jetzt viel und immerzu Wind. Wenn sie bis zum Pol kommen wollen, ist höchste Eile geboten, und Shackleton steht unter Erfolgsdruck. Mit möglichst leichter Ladung gilt es also weiterzumarschieren. Auf dem Plateau schaffen sie Tagesetappen von dreißig Kilometern und mehr. Die Rationen aber sind gekürzt: Um länger mit ihrem Proviant auszukommen, hungern die Männer. Täglich werden pro Mann zwei Biskuits, Pemmikan und Zucker eingespart. Für weitere Meilen nach Süden. Dieser Hunger! Er wird von Tag zu Tag schlimmer, höhlt die Männer, die nachts vom Essen träumen, aus.

Als Wild einen Felsen besteigt, um den Weiterweg zu überblicken, fühlt er sich müde, kurzatmig, ja krank, sagt aber nichts davon zu den anderen.

»Plateau in Sicht. Morgen sind wir am Ende aller Schwierigkeiten«, lautet seine Meldung, als er im Lager zurück ist.

Von oben hat er Felsstücke mitgebracht, die wie Kohle aussehen.

»Ein Fund für die Wissenschaft«, sagt Shackleton.

»Das Material liegt in Schichten, im Sandstein.«

»Unsere Zeit reicht nicht, die Flöze zu untersuchen.«

»Auf dem Rückmarsch?«, fragt Wild.

»Vielleicht.«

»Weit kommen wir eh nicht mehr.«

»Wenn wir am Ende nur die Kleidung mitnehmen, die wir am Körper tragen, und Proviant für ein paar Tage zurücklassen, der zurück bis zum nächsten Depot ausreichen muss, kommen wir noch weit«, ist Shackleton überzeugt.

Im Depot, auf einer Felsinsel angelegt, wird also wieder nur das Allernotwendigste für die Heimreise zurückgelassen.

»Südwärts!«, ruft Wild, ohne seine Schwäche zu zeigen.

Der Wind bläst von vorn, Nasen und Wangen erfrieren, Eiskristalle tanzen in der Luft. Die Schneefläche, auf der sie gehen, scheint in einem dunstigen Horizont zu verschwinden. Der Schlitten schleift wie auf Sand über den buckeligen Untergrund, die Hoffnung, das Ziel zu erreichen, wird mit jedem Schritt weniger. Minus 40 °C. Zirruswolken, vom Wind gekämmt, jagen abgerissen zum Horizont, und der starke Südwind bürstet die Schneekörner gegen ihre Marschrichtung. Am Abend – nein, es gibt keinen Abend mehr, nur das Sonnenlicht kommt aus einer anderen Richtung – fallen sie hungrig in den Schlaf. Nie Windstille. Mit Pony-Mais verlängert, ist Proviant für fünf Wochen übrig, sie sind aber noch dreihundert geographische Meilen vom Pol entfernt. Mit den knappen Rationen ist es nicht bis zum Ziel und zurück zum letzten Depot zu schaffen, weiß Wild. Die Lippen sind seit Wochen wund und aufgesprungen, die Kleider zerschlissen, die Hoffnung aufgebraucht. Jeder der Männer zieht an einer Last von neunzig Kilogramm. Immerzu gebremst vom trockenen Schnee.

Weiter! Keiner will als Erster aufgeben. Auf dem schweren Untergrund – windgeformte Sastrugis – ist der Marsch trotz Kälte eine schweißtreibende Arbeit. Beim Rasten bilden sich dann Eiskrusten unter den Jacken. Dazu kommen vereiste Bärte, kalte Hände und Füße. Sogar in der Sonne ist minutenlanges Herumstehen unerträglich. Socken und feuchte Unterkleider werden erst im Lager wieder zum Trocknen aufgehängt. In der Kälte sind sie im Nu mit Schneeblumen bedeckt – weiß und leicht wie Daunen. In den Mittagspausen reicht oft eine Stunde, um die Rentierfellschlafsäcke luftzutrocknen. Gleichzeitig werden die Schlitten umgedreht, um ihre Kufen glätten zu können. Sie sind nach dem Gletscheraufstieg stark abgenutzt und rutschen im weichen Schnee schlecht.

Noch einmal begünstigt herrliches Wetter das Vorankommen. Ein Glück, bei schlechten Sichtverhältnissen wäre es ungleich schwieriger, durch das Labyrinth von Sastrugis zu finden. Zwischen den Nunataks, die Marshall vermisst, ist die Bewegung des Eises gering, jede Spalte mit Schnee gefüllt. Der wüste Wind aber hat Furchen ins Eis gefräst. Bald zwingt er sie, im Zelt zu bleiben: eine Nacht lang, einen Tag, noch eine Nacht. Immerzu lärmen Eiskörner, die an die Zeltwand geworfen werden. Dazu Sturm, als fahre ein Schnellzug vorbei. Das Zelt flattert, und Wild, krank und wach, ist in Sorge, dass es zusammenbrechen wird, sagt aber immer noch nichts. Er stützt die Zeltplane von innen, während die anderen schlafen. Als der Wind abflaut, brechen sie wieder auf, irrlichtern im Nebel und 2500 Meter über dem Meeresspiegel sechs Meilen weiter: Eiszapfen in den Bärten, Frostbeulen an Fingern und Ohren. Wild kommen Zweifel, ob es ein Ziel oder der Tod ist, dem sie entgegengehen. Noch 450 Kilometer bis zum Pol! Tagsüber Schneestürme von Süden und immerzu stumpfer Schnee – sie kommen zu langsam voran. Wegen der knappen Rationen. Bei Gegenwind und zunehmender Höhe fühlen die Männer die Kälte doppelt. Trotzdem, sie bleiben immerzu auf den Beinen, nur gehend können sie sich warm halten.

Am 23. Dezember, die Oberfläche wird sichtlich besser, lassen die Männer einen ihrer beiden Schlitten zurück, setzen den Marsch aber fort. Die Farben auf der Eisfläche vor ihnen wechseln von Hellblau bis Türkis. Wundervoll die Berge, die hinter ihnen schwinden, in einem Hauch von Rosa. Alles erscheint jetzt weit weg, als würden Raum und Zeit sich gegenseitig aufheben. Wild, zerrissen zwischen Angst und Pflicht, macht sich Sorgen.

»Ich kann meinen Augen nicht mehr trauen«, sagt er halblaut.

Er ist krank, will aber das Grundvertrauen der Gruppe nicht schwächen. Also hält er durch.

»Wie weit willst du noch, Shack?«, fragt er in einer Pause.

»Hängt von dir ab«, ist Shackletons knappe Antwort.

Kein Kommentar von Adams und Marshall.

Weihnachten: Schneesturm und beißender Südwind. Sie sind am Ende der Welt angekommen, bleiben im Zelt liegen, irgendwo auf dem Eis, 85° Süd, 3300 Meter hoch, unendlich weit weg von jeglicher Zivilisation. Schneewüste um sie herum – weit wie das Meer. Sie feiern! Ein letztes Mal wollen sie sich satt essen. Ihr Weihnachtsdinner – erster Gang Ponyfleisch, aufgekocht mit Pemmikan, als Hauptgang Oxobouillon und Biskuits, zum Nachtisch in Kakaowasser gekochter Christmas Pudding und für jeden ein Tropfen Cognac, später Kakao, Zigarren und ein Löffel »Crème de menthe« – ist gleichzeitig eine Vorahnung ihres Weges zurück.

Letzte Bundestagssitzung vor der Weihnachtspause

Donnerstag, 19. Dezember 2013, 10 Uhr

Ein zu allem entschlossener Winterhimmel breitet sich tief bewölkt und frostig über Berlin. Die Straßen liegen noch leer, die Rührseligkeit der Weihnachtsinszenierung erreicht jeden Winkel des städtischen Lebens.

Um zehn Minuten verspätet sich der Debattenbeginn. Die SPD hat ihre vorhergehende Fraktionssitzung nicht früher beenden können, auch das erstmalig in diesem Jahr. Ex-Gesundheitsministerin Ulla Schmidt eröffnet heute den Parlamentstag. Ihr »Guten Morgen« wird von der SPD-Fraktion mit einem chorischen »Guten Morgen« beantwortet. Es ist die letzte Sitzung vor Semesterende, so die Stimmung. Auch wenn das Haus gut besetzt ist, bleibt die Regierungsbank fast leer, die bekannten Köpfe der Parteien fehlen in jeder Fraktion. [...]

Der Gang des ersten Redners zum Pult ist ein erster Gang, er fällt so ungestüm aus wie bedeutungsvoll. Harald Petzold, der für die den Antrag stellende Fraktion der Linken seine sogenannte Jungfernrede hält, brennt für sein Thema: »Deswegen habe ich mich entschlossen, meine erste Rede hier in diesem Hohen Hause nicht leise, brav und diplomatisch zu halten, sondern gleich in die Vollen zu gehen, weil ich genauso wie die vielen Tausend, denen ich hier eine Stimme geben will, enttäuscht darüber bin, dass wir wieder nur vertröstet und hingehalten werden und es keine hundertprozentige Gleichstellung gibt.«

Der Mann kommt aus der Kampagnenarbeit, hat auf dem Brandenburger Land Aufklärungstouren organisiert, hat Diskriminierung, Ungleichbehandlung, Demonstrationen in Polen, hat auch Gewalt und Steinwürfe erlebt und dabei Bundesverfassungsgerichtsurteile im Kopf behalten, die seit 2002 als Refrain anstimmen: »Stellt endlich gleich!« Seine Rede ist ein flammendes Plädoyer dafür, diesem Auftrag nachzukommen, die Diskriminierung nicht zu unterschätzen, und jede Nicht-Gleichstellung ist Diskriminierung, da ist man sich einig: »Meine Damen und Herren, kommen Sie endlich in der Lebenswirklichkeit an, und folgen Sie dem Beispiel von vielen Ländern in der Welt: von unseren europäischen Partnern wie Dänemark, Belgien, Niederlande, Frankreich, sogar dem konservativen Großbritannien, von lateinamerikanischen Ländern wie Argentinien und Uruguay, vom Südafrika Nelson Mandelas bis hin zu einzelnen Bundesstaaten in den USA! Folgen wir diesem Beispiel endlich!«

Dass eine Gleichstellung in diesem Verständnis nicht nur eine von homosexuellen Lebenspartnern und -partnerinnen, sondern auch eine der Lebenspartnerschaft mit der Ehe bedeuten muss, wird durch die CDU/CSU bestritten, ja, bekämpft. Volker Beck (B 90/DIE GRÜNEN) wird später sogar 28 Gesetze nennen, die noch geändert werden müssen, um den Gleichstellungsgedanken zu verwirklichen: »Das geht vom Bundeskindergeldgesetz über das Versammlungsrecht über das Sprengstoffgesetz über Approbationsordnungen für Ärzte bis hin zur Höfeordnung, einer Sonderrechtsregelung im Erbrecht.« Im Augenblick aber ist hier ein junger, für seine Sache streitender Abgeordneter, der dem Ideal des Politikers entspricht, der es bis ins Parlament schafft, um eine ganz bestimmte Sache zu ändern, und der seiner ersten Rede einen geradezu rührend bescheidenen Schluss gibt: »Denken Sie nach diesem Redebeitrag nicht schlecht von mir, nur weil ich in meiner ersten Rede gleich Tacheles geredet habe. Manchmal muss man auch gegen die Tischmanieren verstoßen.«

Er ist neu. In wenigen Wochen wird er wissen, was in diesem Hause Tischmanieren, was Verstöße sind. Noch aber dringen aus seiner Fraktion immer mehr Gratulanten an seinen Platz und sagen ihm, dass er gut war. Die CDU/CSU wird dagegen

Sat 1 Gold 237

aufwenden, dass die Ehe Bestandteil der Verfassung sei, man also schon eine Verfassungsänderung durchsetzen müsse, wenn die Rechte der Ehe auf andere Lebenspartnerschaften ausgedehnt würden. Dahinter steht die hartnäckige Weigerung, den gesellschaftlichen Wandel in Belangen der Ehe, die Meinungsumfragen, die Gesetze der europäischen Nachbarn und selbst das Drängen der Gerichte wirklich ernst zu nehmen, und weil das so ist, kann Thomas Silberhorn (CDU / CSU) selbstbewusst mit den Worten enden: »Daher lautet unsere Weihnachtsbotschaft für Eheleute und Familien: Sie stehen unter dem besonderen Schutz des Grundgesetzes und der CDU / CSU.« Das bedeutet, die Lebenspartnerschaften der Homosexuellen tun es nicht.

In der Folge setzen alle Redner ihre Pointen. Volker Beck (B 90/DIE GRÜNEN) öffnet seine Arme weit in Richtung der SPD und appelliert: »Da erwarte ich jetzt Applaus von Ihnen.« Er macht den Einheizer, aber er hat recht, denn was er sagt, stammt noch aus der Masse gemeinsamer Überzeugungen, und die SPD-Fraktion gehorcht zögerlich. Johannes Kahrs (SPD) setzt sich denn auch in Opposition zu Thomas Silberhorn und »diesem von uns neuerdings geschätzten Koalitionspartner«. Elisabeth Winkelmeier-Becker (CDU / CSU) bemüht den »Kodex Ur-Nammu von 2100 vor Christus« und den »Kodex Hammurabi aus dem 18. Jahrhundert vor Christus«, um zu belegen, dass Regelungen, die die Ehe betreffen, alt sind und offenbar noch nichts von homosexuellen Lebenspartnerschaften – aber auch noch nicht von der CDU – wussten. Die Parlamentarierin kommt jedenfalls beim Schutz der Ehe vor einer Gleichstellung mit der Lebenspartnerschaft an.

Schließlich dringt eine gute Intervention darauf, aus dieser Frage einen Gewissensentscheid zu machen und die Abstimmung freizugeben. Winkelmeier-Becker aber fischt immer noch durch Wikipedia und verlängert ihre historische Lehrstunde. Bisweilen ist das so: Die Themen sind groß, die Rede von ihnen ist es nicht. Das lässt die Themen allenfalls noch größer erscheinen. Denn bei dieser Frage handelt es sich doch um eine, in der sich die Welt gerade verändert, und was ist Politik anders als eine dauernde Anpassungsleistung an neue soziale Verhältnisse, veränderte Lebensentwürfe, höhere Effizienz, mehr Gifte, engere Räume, mehr Alte, knappe Ressourcen, neue Migrationen und so fort?

Man kann alle diese Veränderungen verfolgen, die Lebensformen suchen, die sie beantworten. In der Politik hat sich irgendwann bei den meisten Fragen ein Vorrang des Strategischen durchgesetzt, in dessen Schatten sich alles andere bewegt. Man siegt nicht durch Einfühlung, sondern durch Kalkül und Technik. Falsch also die Vorstellung, ein Politiker verließe am Ende das Hohe Haus und habe primär etwas »für die Menschen« erreicht oder verloren. Es gibt sicher die Überzeugten in allen Parteien, auf allen Feldern, auf den vorderen wie auf den hinteren Bänken. Es gibt jene, die es gut meinen und die falschen Mittel haben, jene, die dauernd Brücken suchen zum Witz, zur Beleidigung, zum Schulterschluss. Es gibt die von der eigenen Fraktion Marginalisierten, die Übersehenen und Übergangenen, die Geparkten und jene, die gerade kapitulieren und erlöschen. [...]

Zuletzt aber soll sich an diesem Tag noch einmal der große Horizont öffnen. Wolfgang Gehrcke (DIE LINKE), ein älterer Herr mit rotem Schlips zum dunklen Anzug, wird fordern, die Beteiligung am »Krieg gegen den Terror« sofort einzustellen, aus Afghanistan abzuziehen, den NATO-Bündnisfall zu beenden und dem Eindruck zu wehren, wir würden dem ähnlicher, was wir bekämpften. Ingo Gädechens (CDU/CSU) wird dagegen auftreten und als ehemaliger Berufssoldat alle, die gerade auf der Welt Dienst an der Waffe für die BRD leisten, zu Weihnachten grüßen. Abgesehen davon wird er die deutsche Teilnahme an einer Militäroperation, die auf die Solidarität mit den USA nach dem 11. September 2001 zurückgeht, mit wirtschaftlichem Kalkül verknüpfen: »Im Rahmen dieser Operation geht es auch um freien Zugang zum Mittelmeer und um Solidarität. Für uns als führende Handelsnation, aber auch für unsere Partner in der Europäischen Union ist das Mittelmeer ein entscheidendes Transitmeer, auf dem wichtige Güter transportiert werden.«

Omid Nouripour (B 90/DIE GRÜNEN) wird schließlich die neuen Gegebenheiten eines veränderten »Sicherheitszeitalters« lange nach dem »America-under-attack«-Bündnisfall darlegen, sich dann aber ebenfalls an der Linken abarbeiten, was von der Regierungskoalition mit Wohlwollen betrachtet wird: Die beiden Oppositionsparteien fallen übereinander her. Dabei geht es eigentlich um Krieg, noch eigentlicher aber um die Urheberrechtsfrage: Was ist links, was ist grün in dem hier debattierten Antrag? Kein Wunder, dass der Redner der SPD den Redner der Grünen anschließend lobt und findet: »Das ist der Geist, den wir auch im Januar brauchen, wenn wir hier im Parlament über die Fortsetzung der Mission im Mittelmeerraum diskutieren werden.«

Es gibt also nur eine echte Oppositionspartei in dieser Sache. Dieser wird sich schließlich auch der letzte Redner des Jahres widmen: Reinhard Brandl (CDU/CSU) nutzt seine fünf Minuten Redezeit zunächst für die Wiederholung des Bekannten: »Die NATO ist nicht nur ein Militärbündnis. Die NATO ist auch eine Wertegemeinschaft.« Da ist sie wieder, und nie ist sie wertvoller, als wo es um Ökonomie oder Kriegshandlungen geht. Gekämpft wird schließlich nur für die höchsten Werte, und die heißen auch hier: »Freiheit, Sicherheit und Frieden in der Welt.« Das ist zwar schlicht, aber je allgemeiner und diffuser Ideale sind, desto besser eignen sie sich als Projektionen.

Der junge Mann dirigiert seine Rede mit der Rechten, zieht aus seinem Repertoire auch noch die Bestimmung der NATO als »Bündnis in einer multipolaren Welt mit neuen Risiken und Bedrohungen« und blickt dabei manchmal hilfesuchend zum Sitz der neuen Verteidigungsministerin. Doch Ursula von der Leyen ist nicht zugegen, und so gelten die letzten Worte am Rednerpult des Deutschen Bundestags uns allen: »Vielleicht können wir ja im nächsten Jahr in einer konstruktiveren Form darüber wieder diskutieren.« Das ist kritisch, nicht selbstkritisch gemeint, und so verklingt auch dieser letzte Appell eines Jahres, in dem sich nicht zuletzt das Parlament selbst gravierend veränderte.

Seine Verabschiedung intoniert Vizepräsident Johannes Singhammer so getragen, als müsse selbst die Geschwindigkeit der Worte abgebremst und ihr ratternder Zug zum Stillstand gebracht werden: »Wir sind damit am Schluss unserer heutigen Tagesordnung und auch am Ende eines ereignisreichen Jahres 2013 mit vielen Debatten und Beschlüssen hier in diesem Hohen Hause. Ich möchte Ihnen allen dafür danken. Ich wünsche Ihnen ein frohes und gesegnetes Weihnachtsfest und hoffe, dass alle gut erholt im nächsten Jahr wieder hier im Hohen Hause sein werden.«

Dann werde ich nur noch durch die Augen von Reportern, Redakteuren und Kameras in diesen Raum sehen, vielleicht manchmal in den Debattenprotokollen stöbern und etwas von der anderen Realität des Parlaments suchen, mit der mich dieses Jahr konfrontierte. Die Mehrheit der noch im Plenum Verbliebenen hört die letzten Wünsche nicht, und so sind es zuletzt auch allenfalls drei Paar Hände, die noch applaudieren. Stattdessen werden Papiere gerafft, der Präsident nimmt einen Schluck, überblickt weiteres Händeschütteln, joviale Männergesten, Schulterklopfen, Tätscheln. Man geht nicht einfach, man flieht jetzt das Plenum, während eine Schwadron der Plenarsaalassistenten und -assistentinnen über den Raum herfällt und in Windeseile Papiere, Hinterlassenschaften, ja, selbst die Schubladen räumt.

Aydan Özouz, die neue Integrationsbeauftragte, die als Einzige aus der Regierung bis zuletzt ausgeharrt hat, schüttelt allen Parlamentsassistentinnen und -assistenten im Umkreis, die jetzt hier noch arbeiten, die Hände. Eine Mitarbeiterin des Besucherdienstes erhebt dann noch die Stimme, um einer Schulklasse auf der Nachbartribüne die Geschichte des Bundestags nahezubringen, während unten weiter der Plenarsaal gereinigt wird. Es ist das letzte Bild, das ich aus dem Deutschen Bundestag mitnehme, das Parkett des Parlaments, über das gut zwanzig uniformierte Frauen und Männer wieseln, um die Spuren der Arbeit so gründlich zu tilgen, dass der leere Saal zuletzt wieder aussieht wie unbenutzt.

II

»Die Weihnachtsgeschichte war meine Geschichte«

THOMAS HÜRLIMANN

Meine Weihnachtsgeschichte

Am 21. Dezember jenes Jahres, das in der katholischen Kirche als heilig galt, bin ich geboren worden. Meine Mutter hieß Maria-Theresia. Damals trugen alle katholischen Frauen den Namen Maria, wenn nicht an erster, so doch an zweiter Stelle. Die Klinik des Innerschweizer Städtchens, wo meine junge Mama nach meiner Geburt auf der Maternité lag, hieß »Liebfrauenhof«. Sie war, der Name sagt es, »Unserer Lieben Frau« geweiht und wurde von Ordensschwestern geführt. Die Schwestern vom »Liebfrauenhof«, die ebenfalls alle Maria hießen, Maria Gabriela, Maria Wiborada, Maria Bernarda, waren der frommen Meinung, die Patientin Maria-Theresia müsse überglücklich sein, dass ihr Kind im Heiligen Jahr und erst noch kurz vor Weihnachten auf die Welt gekommen war, aber meiner jungen Mama, von allen Mimi genannt, ging es miserabel. Sie blutete und hatte Fieber. Am Abend des 24. holten die Schwestern einen Priester, damit er Mimi mit den Sterbesakramenten versehe. Mimi atmete schwer, das Fieber stieg, ihr Blut floss noch immer. Doktor Marder, der Chefarzt, sagte: »Die junge Mimi wird die Welt verlassen müssen.« – »Dann soll mein Sohn wenigstens einmal seine Mutter spüren«, entschied der Vater. Chefarzt Marder gab seine Einwilligung, eine Schwester holte mich aus dem Babysaal und legte mich ins Sterbebett, an Mimis Wange. Dann gingen alle hinaus, zum Schluss auch eine alte Nonne, die seit Stunden bei Mimi gewacht und leise wispernd den Schmerzensreichen Rosenkranz gebetet hatte. Im Fenster fielen Flocken. Mimi wollte sterben, ich wollte trinken.

Als Kind habe ich hartnäckig geglaubt, meinetwegen würden in den Gassen Sterne aufgehängt und an den Christbäumen Kerzen brennen. Die Weihnachtsgeschichte war meine

Geschichte, und immer wieder habe ich Mimi gebeten, sie mit den gleichen Sätzen, den gleichen Worten zu erzählen. Die Stelle, da wir im Spitalbett miteinander allein waren, fand ich am schönsten. Denn hier machte Mimi eine Pause, klimperte mit ihren künstlichen Wimpern und sagte lächelnd: »Weißt du, Tomeli, ich habe eine fatale Tendenz zu Pannen – nicht nur beim Autofahren, auch im Leben, und sogar bei meinen Geburten. Du meinst, dass du der Älteste bist. Aber in Wahrheit bist du der Dritte. Die andern beiden sind vor der Zeit gegangen.« – »Ich habe überlebt«, sagte ich dann, »erzähl weiter!«

»Auf einmal standen Engel um unser Bett herum«, fuhr Mimi fort, »und wir beide dachten, nun seien wir in der Ewigkeit angekommen.« Mimis Blutfluss hörte auf, das Fieber sank, und das leichte Ziehen in ihren Brüsten konnte ich mit meinen winzigen Lippen wegtrinken. Alles war gut und schön. Auch mir wird es im Himmel gefallen haben. Aber dann begann sich Mimi über diesen Himmel doch zu wundern. Der Oberengel hatte vorstehende Zähne und glich trotz seiner Flügel der Oberschwester vom »Liebfrauenhof«. Als die Engel »Stille Nacht, Heilige Nacht« anstimmten, sangen sie ein wenig falsch, und vor dem Fenster schneite es. Du meine Güte, dachte Mimi, ist drüben alles wie hüben? Unterscheidet sich das Reich der heiligen Muttergottes in nichts von der Welt, die wir gerade verlassen haben?

In diesem Augenblick stürzten Menschen herein. Der Vater fiel vor dem Bett in die Knie, Dr. Marder maß Mimi den Puls, und die alte Nonne setzte sich wieder auf ihren Stuhl, wie vorher, aber jetzt betete sie den Freudenreichen Rosenkranz. Sämtliche Nonnen und Engel strahlten. »Ein Wunder«, riefen sie, »von der Muttergottes bewirkt!« Mimi war von der allgemeinen Freude ganz verwirrt. Man musste ihr einen Spiegel reichen, damit sie sich betrachten und ihre Frisur überprüfen konnte. Dann schickte sie alle hinaus, nur die alte Nonne durfte bleiben.

»Tomeli«, sagte Mimi halb traurig, halb amüsiert, »ich fürchte, da ist wieder eine kleine Panne passiert. Wir sind nicht im Himmel. Wir müssen weiterleben.«

JOHANN WOLFGANG GOETHE

Weihnachtsbrief an Johann Christian Kestner vom 25. Dezember 1772

Christtag früh. Es ist noch Nacht, lieber Kestner, ich bin aufgestanden, um bei Lichte morgens wieder zu schreiben, das mir angenehme Erinnerungen voriger Zeiten zurückruft; ich habe mir Coffee machen lassen, den Festtag zu ehren, und will euch schreiben, bis es Tag ist. Der Türmer hat sein Lied schon geblasen, ich wachte darüber auf. Gelobet seist du, Jesus Christ! Ich hab diese Zeit des Jahrs gar lieb, die Lieder, die man singt, und die Kälte, die eingefallen ist, macht mich vollends vergnügt. ich habe gestern einen herrlichen Tag gehabt, ich fürchtete für den heutigen, aber der ist auch gut begonnen, und da ist mirs fürs Enden nicht angst. [...]

Der Türmer hat sich wieder zu mir gekehrt; der Nordwind bringt mir seine Melodie, als blies er vor meinem Fenster. Gestern, lieber Kestner, war ich mit einigen guten Jungens auf dem Lande; unsre Lustbarkeit war sehr laut und Geschrei und Gelächter von Anfang zu Ende. Das taugt sonst nichts für die kommende Stunde. Doch was können die heiligen Götter nicht wenden, wenn's ihnen beliebt; sie gaben mir einen frohen Abend, ich hatte keinen Wein getrunken, mein Aug war ganz unbefangen über die Natur. Ein schöner Abend, als wir zurückgingen; es ward Nacht. Nun muß ich Dir sagen, das ist immer eine Sympathie für meine Seele, wenn die Sonne lang hinunter ist und die Nacht von Morgen heraus nach Nord und Süd um sich gegriffen hat, und nur noch ein dämmernder Kreis von Abend herausleuchtet. Seht, Kestner, wo das Land flach ist, ist's das herrlichste Schauspiel, ich habe jünger und wärmer stundenlang so ihr zugesehn hinabdämmern auf meinen Wanderungen. Auf der Brücke hielt ich still. Die düstre Stadt zu beiden Seiten, der still leuchtende Horizont, der Widerschein im Fluß machte einen köstlichen Eindruck in meine Seele, den ich mit beiden Armen umfaßte.

Ich lief zu den Gerocks, ließ mir Bleistift geben und Papier und zeichnete zu meiner großen Freude das ganze Bild so dämmernd warm, als es in meiner Seele stand. Sie hatten alle Freude mit mir darüber, empfanden alles, was ich gemacht hatte, und da war ich's erst gewiß, ich bot ihnen an, drum zu würfeln, sie schlugen es aus und wollen, ich soll's Mercken schicken. Nun hängt es hier an meiner Wand und freut mich heute wie gestern. Wir hatten einen schönen Abend zusammen, wie Leute, denen das Glück ein großes Geschenk gemacht hat, und ich schlief ein, den Heiligen im Himmel dankend, daß sie uns Kinderfreude zum Christ bescheren wollen.

Als ich über den Markt ging und die vielen Lichter und Spielsachen sah, dacht ich an euch und meine Buben, wie ihr ihnen kommen würdet, diesen Augenblick ein himmlischer Bote mit dem blauen Evangelio, und wie aufgerollt sie das Buch erbauen werde.

Hätte ich bei euch sein können, ich hätte wollen so ein Fest Wachsstöcke illuminieren, daß es in den kleinen Köpfen ein Widerschein der Herrlichkeit des Himmels geglänzt hätte. Die Torschließer kommen vom Bürgermeister und rasseln mit den Schlüsseln. Das erste Grau des Tags kommt mir über des Nachbarn Haus, und die Glocken läuten eine christliche Gemeinde zusammen. Wohl, ich bin erbaut hier oben auf meiner Stube, die ich lang nicht so lieb hatte als jetzt.

Weihnachts-Chiliasmus – neuer Zufall

Uns alle – zieht eine Garnitur von faden flachen Tagen wie von Glasperlen ins Grab, die nur zuweilen eine orientalische wie ein Knoten abteilt. Aber man stirbt murrend, wenn man nicht wie der Quintus sein Leben für eine Trommel ansieht: diese hat nur einen *einzigen* Ton, aber die Verschiedenheit des *Zeitmaßes* gibt diesem Tone Belustigung genug. Der Quintus dozierte in quarta, vikarierte in secunda, schrieb am Pulte in der gewöhnlichen Monotonie des Lebens fort – von den Ferien an – bis zu dem heiligen Weihnachtsabend 1791, und nichts war denkwürdig als bloß dieser Abend, den ich nun malen will.

Aber ich werde diesen Abend allezeit noch malen können, wenn ich vorher mit wenigem berichtet habe, wie er sich gleich Zugvögeln über den düstern nebelnden Herbst wegschwang. Er machte sich nämlich über das Hamburger politische Journal, womit der Bediente Knöpfe konvertieren wollte. Er konnte ruhig und mit dem Rücken am Ofen die Winterkampagnen des vorigen Jahrs mitmachen – und jeder Schlacht, wie die Aasgeier der pharsalischen, nachfliegen – er konnte auf dem Druckpapier froh und wundernd um die deutschen Triumphbögen und Gerüste zu Freudenfeuerwerken herumgehen, indes die Leute in der Stadt, die nur die neuesten Zeitungen hielten, kaum die Trümmer der von den Frankreichern boshaft niedergerissenen Trophäen behielten – ja er konnte schon mit alten Planen die Feinde zurücktreiben, indes neuere Leser sich vergeblich mit neuen wehrten. – – Aber nicht bloß die Leichtigkeit, die Gallier zu übermeistern, bestach ihn für das Journal, sondern auch der Umstand, daß letzteres – gratis war. Er war auffallend auf frankierte Lektüre ersessen. Ist es nicht daraus zu erklären, daß er sich, wie Morhof rät, die einzelnen Hefte von Makulaturbögen, wie sie der Kramladen ausgab, fleißig sammelte und in solchen wie Virgil im Ennius scharrte? Ja für ihn war der Krämer ein Fortius (der Gelehrte) oder ein Friedrich (der König), weil beide letztere sich aus kompletten Büchern nur die Blätter schnitten, an denen etwas war. Eben diese Achtung für alle Makulatur nahm ihn für die Vorschürzen gallischer Köche ein, welche bekanntlich aus vollgedrucktem Papier bestehen; und er wünschte oft, ein Deutscher übersetzte die Schürzen: ich berede mich gern, daß eine gute Version von mehr als einem solchen papiernen Bürzel und Schurz unsere Literatur (diese Muse à belles fesses) emporbringen und ihr statt eines Geifertuches dienen könnte. – Der Mensch legt auf viele Sachen ein pretium affectionis, bloß weil er sie halb gestohlen zu haben hofft: aus diesem mit dem vorigen zusammenhängenden Grunde fing der Quintus alles gläubig auf, was er entweder in einem collegio publico oder als hospes wegschnappte; nur Meinungen, für die er den Professor bezahlen mußte, prüft' er streng. – Ich komme wieder auf den verschobenen Weihnachtsabend zurück.

Eben da war Egidius froh, daß draußen Müller und Bäcker einander schlugen – wie man das wehende Schneien in großen Flocken nennt – und daß die Eisblumen der Fenster aufblühten – denn er hatte äußern Frost bei Stubenhitze gern –: er konnte nun Pechholz in den Ofen und Möhrenkaffee in den Magen nachlegen und den rechten Fuß (statt in den Pantoffel) in die warme Hüfte des Pudels schieben und doch noch
auf dem linken den Starmatz sc
Schilles abraupte, indes er mit
ken hielt er die Pfeife – so ung
und ohne ein frostiges Lüftchen
Quintus machen kann – den Le
gischen Gymnasiums, nämlich d
ersten Druck in der Geschichte ei
die *ersten Drucke* in der Geschic
konnt' es gar nicht satt kriegen,

künftiges Jahr g. G. traktieren wollte, und reihete deshalb, mehr Drucks als Nutzens wegen, noch drei bis vier pädagogische Fingerzeige dem Operationsplane sämtlicher Schulherren an.

Er trug nur noch einige Gedankenstriche als Fäden der Rede nach und sah dann das Opus nicht mehr an, weil er es vergessen wollte, damit er nach dem Abdrucke über seine eignen Gedanken erstaunte. Nun konnt' er den Meßkatalog, den er jährlich statt der Bücher desselben kaufte, ohne Seufzer aufschlagen: er war auch gedruckt wie ich.

Der freudige Narr hatte unter dem Schreiben den Kopf geschaukelt, die Hände gerieben, mit dem Steiße gehüpfet, das Gesicht gebohnt und an dem Zopfe gesogen. – – Jetzt konnt' er abends um fünf Uhr aufspringen, um sich zu erholen, und durch den magischen Dampf der Pfeife in seinem Bauer wie ein frischgefangener Vogel auf- und niederfahren. In den warmen Rauch leuchtete die lange Milchstraße der Straßenlaternen, und an seinem Bettvorhang hinauf lag rötend der bewegliche Widerschein der brennenden Fenster und illuminierten Bäume in der Nachbarschaft. Nun nahm er den Schnee der Zeit von dem Wintergrün der Erinnerung hinweg und sah die schönen Jahre seiner Kindheit aufgedeckt, frisch, grün und duftend vor sich darunter stehen. O es ist schön, daß der Rauch, der über unserem verpuffenden Leben aufsteigt, sich wie bei dem vergehenden Spießglas in neuen, obwohl poetischen Freuden-Blumen anlegt! – Er schauete aus seiner Ferne von zwanzig Jahren in die stille Stube seiner Eltern hinein, wo sein Vater und sein Bruder noch nicht auf dem Welkboden und Darrofen des Todes einschwanden. Er sagte: »Ich will den heiligen Weihnachts-Abend [illegible]leich von früh an durchnehmen.« Schon beim Aufstehen traf [illegible] uf dem Tische heilige Flitter von der Gold- und Silberfolie [illegible] der das Christuskind seine Apfel und Nüsse des Nachts [illegible]et und beschlagen hatte. – Auf der Münzprobations-[illegible] Freude ziehet dieser metallische Schaum mehr als [illegible] älber, die goldnen Pythagoras-Hüften und die güldnen Philister-Ärse der Kapitalisten. – Dann brachte ihm seine Mutter zugleich das Christentum und die Kleider bei: indem sie ihm die Hosen anzog, rekapitulierte sie leicht die Gebote, und unter dem Binden der Strümpfe die Hauptstücke. Wenn man kein Talglicht mehr brauchte: so maß er, auf dem Arm des Großvaterstuhles stehend, den nächtlichen Schuß des gelben klebrigen Laubes der Weihnachtsbirke ab und wandte viel weniger Aufmerksamkeit als sonst auf den kleinen weißen Winterflor, den die Hanfkörner, die die oben hängende Voliere verzettelte, aus den nassen Fensterfugen auftrieben. – Ich verdenke dem J. J. Rousseau seine flora petrinsularis* gar nicht; aber er nehme auch dem Quintus seine Fenster-Flora nicht übel. – Da den ganzen Tag keine Schule war: so war Zeit genug übrig, den Metzger (seinen Bruder) zu bestellen und das Hausschlachten (wenn war besseres Frostwetter dazu?) vorzunehmen. Der Bruder hatte einige Tage vorher mit Lebens- und Prügelgefahr das Maststück in dem Luftloch eines Schloßfensters gefangen, indem er, auf der Fensterbrüstung stehend, die hinausgebogene Hand auf das Nachtlager des darin hockenden Mastochsen – so nennten sie den Spatzen – deckte. Es fehlte der Schlachterei weder an einem hölzernen Beile, noch an Würsten, Pökelfleisch u. dgl. – Um drei Uhr setzte sich der alte Gärtner, den die Leute den Kunstgärtner nennen mußten, mit einer kölnischen Pfeife in seinen großen Stuhl, und dann durfte kein Mensch mehr arbeiten. Er erzählte bloß Lügen vom äronautischen Christuskind und vom rauschenden Ruprecht mit Schellen. In der Dämmerung nahm der kleine Quintus einen Apfel, zerfällte ihn in alle Figuren der Stereometrie und breitete sie in zwei Abteilungen auf dem Tische auf; wurde nachher das Licht eingetragen: so fing er an zu erstaunen über den Fund und sagte zum Bruder:

* Die er von seiner Petersinsel im Bielersee liefern wollte.

»Sieh nur, wie das fromme Christkindlein mir und dir bescheret hat, und ich habe einen Flügel von ihm schimmern sehen.« Und auf dieses Schimmern lauerte er selber den ganzen Abend auf. –

Schon um acht Uhr – er steifet sich hier meistens auf die Chronik seiner Zettel-Kommode – wurden beide mit wundgeriebenem Halse und in frischer Wäsche und der allgemeinen Besorgnis, daß der heilige Christ sie noch außer den Betten erblicke, in diese geschafft. Welche lange Zaubernacht! – Welches Getümmel der träumenden Hoffnungen! – Die gestaltenvolle, schimmernde Baumannshöhle der Phantasie zieht sich in der Länge der Nacht und in der Ermattung des träumerischen Abarbeitens immer dunkler und voller und grotesker hin – aber das Erwachen gibt dem dürstenden Herzen seine Hoffnungen wieder. – Alle Töne des Zufalls, der Tiere, des Nachtwächters sind der furchtsam-andächtigen Phantasie Klänge aus dem Himmel, Singstimmen der Engel in den Lüften, Kirchenmusik des morgendlichen Gottesdienstes. –

Ach das bloße Schlaraffenland von Eß- und Spielwaren war es nicht, was damals mit seiner Perspektive wie ein Freudenstrom gegen die Kammern unsers Herzens stürmte und was ja noch jetzt im Mondlicht der Erinnerung mit seinen dämmernden Landschaften unsere Herzen süß auflöset. – Ach das war es, das ists, daß es damals für unsere grenzenlosen Wünsche noch grenzenlose Hoffnungen gab; aber jetzt hat uns die Wirklichkeit nichts gelassen als die Wünsche!

Endlich liefen schnelle Lichter der Nachbarschaft über die Wand, und das Weihnachts-Trommeten und Hahnengeschrei vom Turm riß beide Kinder aus den Betten. Mit den Kleidern in den Händen – ohne Bangigkeit vor dem Dunkel – ohne Gefühl des Morgenfrostes – rauschend – trunken – schreiend stürzen sie von der Treppe in die dunkle Stube. – Die Phantasie wühlet im Back- und Obstgeruche der verfinsterten Schätze und malet ihre Luftschlösser beim Glimmen der Hesperidenfrüchte am Baume. – Unter dem Feuerschlagen der Mutter decken die fallenden Funken das Lustlager auf dem Tisch und den bunten Lusthain an der Wand spielend auf und zu, und ein einziger Glut-Atom trägt den hängenden Garten von Eden. – –

E. T. A. HOFFMANN

Der Weihnachtsabend

Am vierundzwanzigsten Dezember durften die Kinder des Medizinalrats Stahlbaum den ganzen Tag über durchaus nicht in die Mittelstube hinein, viel weniger in das daranstoßende Prunkzimmer. In einem Winkel des Hinterstübchens zusammengekauert, saßen Fritz und Marie, die tiefe Abenddämmerung war eingebrochen, und es wurde ihnen recht schaurig zumute, als man, wie es gewöhnlich an dem Tage geschah, kein Licht hereinbrachte. Fritz entdeckte ganz insgeheim wispernd der jüngern Schwester (sie war eben erst sieben Jahr alt worden), wie er schon seit frühmorgens es habe in den verschlossenen Stuben rauschen und rasseln und leise pochen hören. Auch sei nicht längst ein kleiner dunkler Mann mit einem großen Kasten unter dem Arm über den Flur geschlichen, er wisse aber wohl, daß es niemand anders gewesen als Pate Droßelmeier. Da schlug Marie die kleinen Händchen vor Freude zusammen und rief: »Ach, was wird nur Pate Droßelmeier für uns Schönes gemacht haben.« Der Obergerichtsrat Droßelmeier war gar kein hübscher Mann, nur klein und mager, hatte viele Runzeln im Gesicht, statt des rechten Auges ein großes schwarzes Pflaster und auch gar keine Haare, weshalb er eine sehr schöne weiße Perücke trug, die war aber von Glas und ein künstliches Stück Arbeit. Überhaupt war der Pate selbst auch ein sehr künstlicher Mann, der sich sogar auf Uhren verstand und selbst welche machen konnte. Wenn daher eine von den schönen Uhren in Stahlbaums Hause krank war und nicht singen konnte, dann kam Pate Droßelmeier, nahm die Glasperükke ab, zog sein gelbes Röckchen aus, band eine blaue Schürze um und stach mit spitzigen Instrumenten in die Uhr hinein, so daß es der kleinen Marie ordentlich wehe tat, aber es verursachte der Uhr gar keinen Schaden, sondern sie wurde vielmehr wieder lebendig und fing gleich an recht lustig zu schnurren, zu schlagen und zu singen, worüber denn alles große Freude hatte. Immer trug er, wenn er kam, was Hübsches für die Kinder in der Tasche, bald ein Männlein, das die Augen verdrehte und Komplimente machte, welches komisch anzusehen war, bald eine Dose, aus der ein Vögelchen heraushüpfte, bald was anderes. Aber zu Weihnachten, da hatte er immer ein schönes künstliches Werk verfertigt, das ihm viel Mühe gekostet, weshalb es auch, nachdem es einbeschert worden, sehr sorglich von den Eltern aufbewahrt wurde. – »Ach, was wird nur Pate Droßelmeier für uns Schönes gemacht haben«, rief nun Marie; Fritz meinte aber, es könne wohl diesmal nichts anders sein, als eine Festung, in der allerlei sehr hübsche Soldaten auf- und abmarschierten und exerzierten, und dann müßten andere Soldaten kommen, die in die Festung hineinwollten, aber nun schössen die Soldaten von innen tapfer heraus mit Kanonen, daß es tüchtig brauste und knallte. »Nein, nein«, unterbrach Marie den Fritz, »Pate Droßelmeier hat mir von einem schönen Garten erzählt, darin ist ein großer See, auf dem schwimmen sehr herrliche Schwäne mit goldnen Halsbändern herum und singen die hübschesten Lieder. Dann kommt ein kleines Mädchen aus dem Garten an den See und lockt die Schwäne heran und füttert sie mit süßem Marzipan.« »Schwäne fressen keinen Marzipan«, fiel Fritz etwas rauh ein, »und einen ganzen Garten kann Pate Droßelmeier auch nicht machen. Eigentlich haben wir wenig von seinen Spielsachen; es wird uns ja alles gleich wieder weggenommen, da ist mir denn doch das viel lieber, was uns Papa und Mama einbescheren, wir behalten es fein und können damit machen, was wir wollen.« Nun rieten die Kinder hin und her, was es wohl diesmal wieder geben könne. Marie meinte, daß Mamsell Trutchen (ihre große Puppe) sich sehr verändere, denn ungeschickter als jemals, fiele sie jeden Augenblick auf den Fußboden, welches ohne garstige Zeichen im Gesicht nicht abginge, und dann sei an Reinlichkeit in der Kleidung gar nicht mehr zu denken. Alles tüchtige Ausschelten helfe nichts. Auch habe Mama gelächelt, als sie sich über Gretchens kleinen Sonnenschirm so gefreut. Fritz versicherte dagegen, ein tüchtiger Fuchs fehle seinem Marstall durchaus so wie seinen Truppen gänzlich an Kavallerie, das sei dem Papa recht gut bekannt. – So wußten die Kinder wohl, daß die Eltern ihnen allerlei schöne Gaben eingekauft hatten, die sie nun aufstellten, es war ihnen aber auch gewiß, daß dabei der liebe Heilige Christ mit gar freundlichen frommen Kindesaugen hineinleuchte, und daß, wie von segensreicher Hand berührt, jede Weihnachtsgabe herrliche Lust bereite wie keine andere. Daran erinnerte die Kinder, die immerfort von den zu erwartenden Geschenken wisperten, ihre ältere Schwester Luise, hinzufügend, daß es nun aber auch der Heilige Christ sei, der durch die Hand der lieben Eltern den Kindern immer das beschere, was ihnen wahre Freude und Lust bereiten könne, das wisse er viel besser als die Kinder selbst, die müßten daher nicht allerlei wünschen und hoffen, sondern still und fromm erwarten, was ihnen beschert worden. Die kleine Marie wurde ganz nachdenklich, aber Fritz murmelte vor sich hin: »Einen Fuchs und Husaren hätt' ich nun einmal gern.«

Es war ganz finster geworden. Fritz und Marie, fest aneinandergerückt, wagten kein Wort mehr zu reden, es war ihnen, als rausche es mit linden Flügeln um sie her und als ließe sich eine ganz ferne, aber sehr herrliche Musik vernehmen. Ein heller Schein streifte an der Wand hin, da wußten die Kinder, daß nun das Christkind auf glänzenden Wolken fortgeflogen zu andern glücklichen Kindern. In dem Augenblick ging es mit silberhellem Ton: Klingling, klingling, die Türen sprangen auf, und solch ein Glanz strahlte aus dem großen Zimmer hinein, daß die Kinder mit lautem Ausruf: »Ach! – Ach!« wie erstarrt auf der Schwelle stehen blieben. Aber Papa und Mama traten in die Türe, faßten die Kinder bei der Hand und sprachen: »Kommt doch nur, kommt doch nur, ihr lieben Kinder, und seht, was euch der Heilige Christ beschert hat.«

Ich wende mich an dich selbst, sehr geneigter Leser oder Zuhörer Fritz – Theodor – Ernst – oder wie du sonst heißen magst, und bitte dich, daß du dir deinen letzten, mit schönen bunten Gaben reich geschmückten Weihnachtstisch recht lebhaft vor Augen bringen mögest, dann wirst du es dir wohl auch denken können, wie die Kinder mit glänzenden Augen ganz verstummt stehen blieben, wie erst nach einer Weile Marie mit einem tiefen Seufzer rief: »Ach, wie schön – ach, wie schön«, und Fritz einige Luftsprünge versuchte, die ihm überaus wohl gerieten. Aber die Kinder mußten auch das ganze Jahr über besonders artig und fromm gewesen sein, denn nie war ihnen so viel Schönes, Herrliches einbeschert worden, als dieses Mal. Der große Tannenbaum in der Mitte trug viele goldne und silberne Äpfel, und wie Knospen und Blüten keimten Zukkermandeln und bunte Bonbons und was es sonst noch für schönes Naschwerk gibt, aus allen Ästen. Als das Schönste an dem Wunderbaum mußte aber wohl gerühmt werden, daß in seinen dunkeln Zweigen hundert kleine Lichter wie Sternlein funkelten und er selbst, in sich hinein- und herausleuchtend, die Kinder freundlich einlud, seine Blüten und Früchte zu pflücken. Um den Baum umher glänzte alles sehr bunt und herrlich – was es da alles für schöne Sachen gab – ja, wer das zu beschreiben vermöchte! Marie erblickte die zierlichsten Puppen, allerlei saubere kleine Gerätschaften, und was vor allem schön anzusehen war, ein seidenes Kleidchen, mit bunten Bändern zierlich geschmückt, hing an einem Gestell so der kleinen Marie vor Augen, daß sie es von allen Seiten betrachten konnte, und das tat sie denn auch, indem sie ein Mal über das andere ausrief: »Ach, das schöne, ach, das liebe – liebe Kleidchen; und das werde ich – ganz gewiß – das werde ich wirklich anziehen dürfen!« – Fritz hatte indessen schon, drei- oder viermal um den Tisch herumgaloppierend und -trabend, den neuen Fuchs versucht, den er in der Tat am Tische angezäumt gefunden.

Wieder absteigend, meinte er, es sei eine wilde Bestie, das täte aber nichts, er wolle ihn schon kriegen, und musterte die neue Schwadron Husaren, die sehr prächtig in Rot und Gold gekleidet waren, lauter silberne Waffen trugen und auf solchen weißglänzenden Pferden ritten, daß man beinahe hätte glauben sollen, auch diese seien von purem Silber. Eben wollten die Kinder, etwas ruhiger geworden, über die Bilderbücher her, die aufgeschlagen waren, daß man allerlei sehr schöne Blumen und bunte Menschen, ja auch allerliebste spielende Kinder, so natürlich gemalt, als lebten und sprächen sie wirklich, gleich anschauen konnte. – Ja! eben wollten die Kinder über diese wunderbaren Bücher her, als nochmals geklingelt wurde. Sie wußten, daß nun der Pate Droßelmeier einbescheren würde, und liefen nach dem an der Wand stehenden Tisch. Schnell wurde der Schirm, hinter dem er so lange versteckt gewesen, weggenommen. Was erblickten da die Kinder! – Auf einem grünen, mit bunten Blumen geschmückten Rasenplatz stand ein sehr herrliches Schloß mit vielen Spiegelfenstern und goldnen Türmen. Ein Glockenspiel ließ sich hören, Türen und Fenster gingen auf, und man sah, wie sehr kleine, aber zierliche Herrn und Damen mit Federhüten und langen Schleppkleidern in den Sälen herumspazierten. In dem Mittelsaal, der ganz in Feuer zu stehen schien – so viel Lichterchen brannten an silbernen Kronleuchtern – tanzten Kinder in kurzen Wämschen und Röckchen nach dem Glockenspiel. Ein Herr in einem smaragdenen Mantel sah oft durch ein Fenster, winkte heraus und verschwand wieder, sowie auch Pate Droßelmeier selbst, aber kaum viel höher als Papas Daumen, zuweilen unten an der Tür des Schlosses stand und wieder hineinging. Fritz hatte mit auf den Tisch gestemmten Armen das schöne Schloß und die tanzenden und spazierenden Figürchen angesehen, dann sprach er: »Pate Droßelmeier! Laß mich mal hineingehen in dein Schloß!« – Der Obergerichtsrat bedeutete ihn, daß das nun ganz und gar nicht anginge. Er hatte auch recht, denn es war töricht von Fritzen, daß er in ein Schloß gehen wollte, welches überhaupt mitsamt seinen goldnen Türmen nicht so hoch war, als er selbst. Fritz sah das auch ein. Nach einer Weile, als immerfort auf dieselbe Weise die Herrn und Damen hin und her spazierten, die Kinder tanzten, der smaragdne Mann zu demselben Fenster heraussah, Pate Droßelmeier vor die Türe trat, da rief Fritz ungeduldig: »Pate Droßelmeier, nun komm mal zu der andern Tür da drüben heraus.« »Das geht nicht, liebes Fritzchen«, erwiderte der Obergerichtsrat. »Nun so laß mal«, sprach Fritz weiter, »laß mal den grünen Mann, der so oft herauskuckt, mit den andern herumspazieren.« »Das geht auch nicht«, erwiderte der Obergerichtsrat aufs neue. »So sollen die Kinder herunterkommen«, rief Fritz, »ich will sie näher besehen.« »Ei, das geht alles nicht«, sprach der Obergerichtsrat verdrießlich, »wie die Mechanik nun einmal gemacht ist, muß sie bleiben.« »So-o?« fragte Fritz mit gedehntem Ton, »das geht alles nicht? Hör' mal, Pate Droßelmeier, wenn deine kleinen geputzten Dinger in dem Schlosse nichts mehr können als immer dasselbe, da taugen sie nicht viel, und ich frage nicht sonderlich nach ihnen. – Nein, da lob' ich mir meine Husaren, die müssen manövrieren vorwärts, rückwärts, wie ich's haben will, und sind in kein Haus gesperrt.« Und damit sprang er fort an den Weihnachtstisch und ließ seine Eskadron auf den silbernen Pferden hin und her trottieren und schwenken und einhauen und feuern nach Herzenslust. Auch Marie hatte sich sachte fortgeschlichen, denn auch sie wurde des Herumgehens und Tanzens der Püppchen im Schlosse bald überdrüssig und mochte es, da sie sehr artig und gut war, nur nicht so merken lassen, wie Bruder Fritz. Der Obergerichtsrat Droßelmeier sprach ziemlich verdrießlich zu den Eltern: »Für unverständige Kinder ist solch künstliches Werk nicht, ich will nur mein Schloß wieder einpacken«; doch die Mutter trat hinzu und ließ sich den innern Bau und das wunderbare, sehr künstliche Räderwerk zeigen, wodurch die kleinen Püppchen in Bewegung gesetzt wurden. Der Rat nahm alles auseinander und setzte es wieder zusammen. Dabei war er wieder ganz heiter geworden und schenkte den Kindern noch einige schöne braune Männer und Frauen mit goldnen Gesichtern, Händen und Beinen. Sie waren sämtlich aus Thorn und rochen so süß und angenehm wie Pfefferkuchen, worüber Fritz und Marie sich sehr erfreuten. Schwester Luise hatte, wie es die Mutter gewollt, das schöne Kleid angezogen, welches ihr einbeschert worden, und sah wunderhübsch aus, aber Marie meinte, als sie auch ihr Kleid anziehen sollte, sie möchte es lieber noch ein bißchen so ansehen. Man erlaubte ihr das gern.

Der Schützling

Eigentlich mochte Marie sich deshalb gar nicht von dem Weihnachtstisch trennen, weil sie eben etwas noch nicht Bemerktes entdeckt hatte. Durch das Ausrücken von Fritzens Husaren, die dicht an dem Baum in Parade gehalten, war nämlich ein sehr vortrefflicher kleiner Mann sichtbar geworden, der still und bescheiden dastand, als erwarte er ruhig, wenn die Reihe an ihn kommen werde. Gegen seinen Wuchs wäre freilich vieles einzuwenden gewesen, denn abgesehen davon, daß der etwas lange, starke Oberleib nicht recht zu den kleinen dünnen Beinchen passen wollte, so schien auch der Kopf bei weitem zu groß. Vieles machte die propre Kleidung gut, welche auf einen Mann von Geschmack und Bildung schließen ließ. Er trug nämlich ein sehr schönes violettglänzendes Husarenjäckchen mit vielen weißen Schnüren und Knöpfchen, ebensolche Beinkleider und die schönsten Stiefelchen, die jemals an die Füße eines Studenten, ja wohl gar eines Offiziers gekommen sind. Sie saßen an den zierlichen Beinchen so knapp angegossen, als wären sie darauf gemalt. Komisch war es zwar, daß er zu dieser Kleidung sich hinten einen schmalen unbeholfenen Mantel, der recht aussah wie von Holz, angehängt und ein Bergmannsmützchen aufgesetzt hatte, indessen dachte Marie daran, daß Pate Droßelmeier ja auch einen sehr schlechten

Matin umhänge und eine fatale Mütze aufsetze, dabei aber doch ein gar lieber Pate sei. Auch stellte Marie die Betrachtung an, daß Pate Droßelmeier, trüge er sich auch übrigens so zierlich wie der Kleine, doch nicht einmal so hübsch als er aussehen werde. Indem Marie den netten Mann, den sie auf den ersten Blick liebgewonnen, immer mehr und mehr ansah, da wurde sie erst recht inne, welche Gutmütigkeit auf seinem Gesichte lag. Aus den hellgrünen, etwas zu großen hervorstehenden Augen sprach nichts als Freundschaft und Wohlwollen. Es stand dem Manne gut, daß sich um sein Kinn ein wohlfrisierter Bart von weißer Baumwolle legte, denn um so mehr konnte man das süße Lächeln des hochroten Mundes bemerken. »Ach!« rief Marie endlich aus, »ach, lieber Vater, wem gehört denn der allerliebste kleine Mann dort am Baum?« »Der«, antwortete der Vater, »der, liebes Kind, soll für euch alle tüchtig arbeiten, er soll euch fein die harten Nüsse aufbeißen, und er gehört Luisen ebensogut, als dir und dem Fritz.« Damit nahm ihn der Vater behutsam vom Tische, und indem er den hölzernen Mantel in die Höhe hob, sperrte das Männlein den Mund weit, weit auf und zeigte zwei Reihen sehr weißer spitzer Zähnchen. Marie schob auf des Vaters Geheiß eine Nuß hinein, und – knack – hatte sie der Mann zerbissen, daß die Schalen abfielen und Marie den süßen Kern in die Hand bekam. Nun mußte wohl jeder und auch Marie wissen, daß der zierliche kleine Mann aus dem Geschlecht der Nußknacker abstammte und die Profession seiner Vorfahren trieb. Sie jauchzte auf vor Freude, da sprach der Vater: »Da dir, liebe Marie, Freund Nußknakker so sehr gefällt, so sollst du ihn auch besonders hüten und schützen, unerachtet, wie ich gesagt, Luise und Fritz ihn mit ebenso vielem Recht brauchen können als du!« – Marie nahm ihn sogleich in den Arm und ließ ihn Nüsse aufknacken, doch suchte sie die kleinsten aus, damit das Männlein nicht so weit den Mund aufsperren durfte, welches ihm doch im Grunde nicht gut stand. Luise gesellte sich zu ihr, und auch für sie mußte Freund Nußknacker seine Dienste verrichten, welches er gern zu tun schien, da er immerfort sehr freundlich lächelte. Fritz war unterdessen vom vielen Exerzieren und Reiten müde geworden, und da er so lustig Nüsse knacken hörte, sprang er hin zu den Schwestern und lachte recht von Herzen über den kleinen drolligen Mann, der nun, da Fritz auch Nüsse essen wollte, von Hand zu Hand ging und gar nicht aufhören konnte mit Auf- und Zuschnappen. Fritz schob immer die größten und härtsten Nüsse hinein, aber mit einem Male ging es – krack – krack – und drei Zähnchen fielen aus des Nußknackers Munde, und sein ganzes Unterkinn war lose und wacklicht. – »Ach, mein armer lieber Nußknacker!« schrie Marie laut und nahm ihn dem Fritz aus den Händen. »Das ist ein einfältiger dummer Bursche«, sprach Fritz. »Will Nußknacker sein und hat kein ordentliches Gebiß – mag wohl auch sein Handwerk gar nicht verstehn. – Gib ihn nur her, Marie! Er soll mir Nüsse zerbeißen, verliert er auch noch die übrigen Zähne, ja das ganze Kinn obendrein, was ist an dem Taugenichts gelegen.« »Nein, nein«, rief Marie weinend, »du bekommst ihn nicht, meinen lieben Nußknacker, sieh nur her, wie er mich so wehmütig anschaut und mir sein wundes Mündchen zeigt! – Aber du bist ein hartherziger Mensch – du schlägst deine Pferde und läßt wohl gar einen Soldaten totschießen.« – »Das muß so sein, das verstehst du nicht«, rief Fritz; »aber der Nußknacker gehört ebensogut mir als dir, gib ihn nur her.« – Marie fing an heftig zu weinen und wickelte den kranken Nußknacker schnell in ihr kleines Taschentuch ein. Die Eltern kamen mit dem Paten Droßelmeier herbei. Dieser nahm zu Mariens Leidwesen Fritzens Partie. Der Vater sagte aber: »Ich habe den Nußknakker ausdrücklich unter Mariens Schutz gestellt, und da, wie ich sehe, er dessen eben jetzt bedarf, so hat sie volle Macht über ihn, ohne daß jemand dreinzureden hat. Übrigens wundert es mich sehr von Fritzen, daß er von einem im Dienst Erkrankten noch fernere Dienste verlangt. Als guter Militär sollte er doch wohl wissen, daß man Verwundete niemals in Reihe und Glied stellt?« – Fritz war sehr beschämt und schlich, ohne sich weiter um Nüsse und Nußknacker zu bekümmern, fort an die andere Seite des Tisches, wo seine Husaren, nachdem sie gehörige Vorposten ausgestellt hatten, ins Nachtquartier gezogen waren. Marie suchte Nußknackers verlorne Zähnchen zusammen, um das kranke Kinn hatte sie ein hübsches weißes Band, das sie von ihrem Kleidchen abgelöst, gebunden und dann den armen Kleinen, der sehr blaß und erschrocken aussah, noch sorgfältiger als vorher in ihr Tuch eingewickelt. So hielt sie ihn wie ein kleines Kind wiegend in den Armen und besah die schönen Bilder des neuen Bilderbuchs, das heute unter den andern vielen Gaben lag. Sie wurde, wie es sonst gar nicht ihre Art war, recht böse, als Pate Droßelmeier so sehr lachte und immerfort fragte, wie sie denn mit solch einem grundhäßlichen kleinen Kerl so schön tun könne. – Jener sonderbare Vergleich mit Droßelmeier, den sie anstellte, als der Kleine ihr zuerst in die Augen fiel, kam ihr wieder in den Sinn, und sie sprach sehr ernst: »Wer weiß, lieber Pate, ob du denn, putztest du dich auch so heraus wie mein lieber Nußknacker, und hättest du auch solche schöne blanke Stiefelchen an, wer weiß, ob du denn doch so hübsch aussehen würdest als er!« – Marie wußte gar nicht, warum denn die Eltern so laut auflachten, und warum der Obergerichtsrat solch eine rote Nase bekam und gar nicht so hell mitlachte wie zuvor. Es mochte wohl seine besondere Ursache haben.

SELMA LAGERLÖF

Die Heilige Nacht

Als ich fünf Jahre alt war, hatte ich einen großen Kummer. Ich weiß kaum, ob ich seitdem einen größeren gehabt habe. Das war, als meine Großmutter starb. Bis dahin hatte sie jeden Tag auf dem Ecksofa in ihrer Stube gesessen und Märchen erzählt. Ich weiß es nicht anders, als daß Großmutter dasaß und erzählte, vom Morgen bis zum Abend, und wir Kinder saßen still neben ihr und hörten zu. Das war ein herrliches Leben. Es gab keine Kinder, denen es so gut ging wie uns. Ich erinnere mich nicht an sehr viel von meiner Großmutter. Ich erinnere mich, daß sie schönes, kreideweißes Haar hatte und daß sie sehr gebückt ging und daß sie immer dasaß und an einem Strumpf strickte.

Dann erinnere ich mich auch, daß sie, wenn sie ein Märchen erzählt hatte, ihre Hand auf meinen Kopf zu legen pflegte, und dann sagte sie: »Und das alles ist so wahr, wie daß ich dich sehe und du mich siehst.«

Ich entsinne mich auch, daß sie schöne Lieder singen konnte, aber das tat sie nicht alle Tage. Eines dieser Lieder handelte von einem Ritter und einer Meerjungfrau, und es hatte den Kehrreim: »Es weht so kalt, es weht so kalt, wohl über die weite See.«

Dann entsinne ich mich eines kleinen Gebets, das sie mich lehrte, und eines Psalmverses.

Von allen den Geschichten, die sie mir erzählte, habe ich nur eine schwache, unklare Erinnerung. Nur an eine einzige von ihnen erinnere ich mich so gut, daß ich sie erzählen könnte. Es ist eine kleine Geschichte von Jesu Geburt.

Seht, das ist beinah alles, was ich noch von meiner Großmutter weiß, außer dem, woran ich mich am besten erinnere, nämlich dem großen Schmerz, als sie dahinging. Ich erinnere mich an den Morgen, an dem das Ecksofa leer stand und es unmöglich war, zu begreifen, wie die Stunden des Tages zu Ende gehen sollten. Daran erinnere ich mich. Das vergesse ich nie.

Und ich erinnere mich, daß wir Kinder hingeführt wurden, um die Hand der Toten zu küssen. Und wir hatten Angst, es zu tun, aber da sagte uns jemand, daß wir nun zum letzten Mal Großmutter für alle die Freude danken könnten, die sie uns gebracht hatte.

Und ich erinnere mich, wie Märchen und Lieder vom Hause wegfuhren, in einen langen, schwarzen Sarg gepackt, und niemals wiederkamen.

Ich erinnere mich, daß etwas aus dem Leben verschwunden war. Es war, als hätte sich die Tür zu einer ganzen schönen, verzauberten Welt geschlossen, in der wir früher frei aus und ein gehen durften. Und nun gab es niemand mehr, der sich darauf verstand, diese Tür zu öffnen.

Und ich erinnere mich, daß wir Kinder so allmählich lernten, mit Spielzeug und Puppen zu spielen und zu leben wie andere Kinder auch, und da konnte es ja den Anschein haben, als vermißten wir Großmutter nicht mehr, als erinnerten wir uns nicht mehr an sie.

Aber noch heute, nach vierzig Jahren, wie ich dasitze und die Legenden über Christus sammle, die ich drüben im Morgenland gehört habe, wacht die kleine Geschichte von Jesu Geburt, die meine Großmutter zu erzählen pflegte, in mir auf. Und ich bekomme Lust, sie noch einmal zu erzählen und sie auch in meine Sammlung mit aufzunehmen.

Es war an einem Weihnachtstag, alle waren zur Kirche gefahren, außer Großmutter und mir. Ich glaube, wir beide waren im ganzen Hause allein. Wir hatten nicht mitfahren können, weil die eine zu jung und die andere zu alt war. Und alle beide waren wir betrübt, daß wir nicht zum Mettegesang fahren und die Weihnachtslichter sehen konnten. Aber wie wir so in unserer Einsamkeit saßen, fing Großmutter zu erzählen an.

»Es war einmal ein Mann«, sagte sie, »der in die dunkle Nacht hinausging, um sich Feuer zu leihen. Er ging von Haus zu Haus und klopfte an. ›Ihr lieben Leute, helft mir!‹ sagte er. ›Mein Weib hat eben ein Kindlein geboren, und ich muß Feuer anzünden, um sie und den Kleinen zu erwärmen.‹

Aber es war tiefe Nacht, so daß alle Menschen schliefen, und niemand antwortete ihm.

Der Mann ging und ging. Endlich erblickte er in weiter Ferne einen Feuerschein. Da wanderte er dieser Richtung zu und sah, daß das Feuer im Freien brannte. Eine Menge weißer Schafe lagen rings um das Feuer und schliefen, und ein alter Hirt wachte über der Herde. Als der Mann, der Feuer leihen wollte, zu den Schafen kam, sah er, daß drei große Hunde zu Füßen des Hirten ruhten und schliefen. Sie erwachten alle drei bei seinem Kommen und sperrten ihre weiten Rachen auf, als ob sie bellen wollten, aber man vernahm keinen Laut. Der Mann sah, daß sich die Haare auf ihrem Rücken sträubten, er sah, wie ihre scharfen Zähne funkelnd weiß im Feuerschein leuchteten und wie sie auf ihn losstürzten. Er fühlte, daß einer von ihnen nach seinen Beinen schnappte und einer nach seiner Hand und daß einer sich an seine Kehle hängte. Aber die Kinnladen und die Zähne, mit denen die Hunde beißen wollten, gehorchten ihnen nicht, und der Mann litt nicht den kleinsten Schaden.

Nun wollte der Mann weitergehen, um das zu finden, was er brauchte. Aber die Schafe lagen so dicht nebeneinander, Rükken an Rücken, daß er nicht vorwärtskommen konnte. Da stieg der Mann auf die Rücken der Tiere und wanderte über sie hin dem Feuer zu. Und keins von den Tieren wachte auf oder regte sich.«

So weit hatte Großmutter ungestört erzählen können, aber nun konnte ich es nicht lassen, sie zu unterbrechen. »Warum regten sie sich nicht, Großmutter?« fragte ich. »Das wirst du nach einem Weilchen schon erfahren«, sagte Großmutter und fuhr mit ihrer Geschichte fort.

»Als der Mann fast beim Feuer angelangt war, sah der Hirt auf. Es war ein alter, mürrischer Mann, der unwirsch und hart gegen alle Menschen war. Und als er einen Fremden kommen sah, griff er nach seinem langen, spitzigen Stabe, den er in der Hand zu halten pflegte, wenn er seine Herde hütete, und warf ihn nach ihm. Und der Stab fuhr zischend gerade auf den Mann los, aber ehe er ihn traf, wich er zur Seite und sauste, an ihm vorbei, weit über das Feld.«

Als Großmutter so weit gekommen war, unterbrach ich sie abermals. »Großmutter, warum wollte der Stock den Mann nicht schlagen?« Aber Großmutter ließ es sich nicht einfallen, mir zu antworten, sondern fuhr mit ihrer Erzählung fort.

»Nun kam der Mann zu dem Hirten und sagte zu ihm: ›Guter Freund, hilf mir, und leih mir ein wenig Feuer. Mein Weib hat eben ein Kindlein geboren, und ich muß Feuer machen, um sie und den Kleinen zu erwärmen.‹ Der Hirt hätte am liebsten nein gesagt, aber als er daran dachte, daß die Hunde dem Manne nicht hatten schaden können, daß die Schafe nicht vor ihm davongelaufen waren und daß sein Stab ihn nicht fällen wollte, da wurde ihm ein wenig bange, und er wagte es nicht, dem Fremden das abzuschlagen, was er begehrte. ›Nimm, soviel du brauchst‹, sagte er zu dem Manne.

Aber das Feuer war beinahe ausgebrannt. Es waren keine Scheite und Zweige mehr übrig, sondern nur ein großer Gluthaufen, und der Fremde hatte weder Schaufel noch Eimer, worin er die roten Kohlen hätte tragen können. Als der Hirt dies sah, sagte er abermals: ›Nimm, soviel du brauchst!‹ Und er freute sich, daß der Mann kein Feuer wegtragen konnte. Aber der Mann beugte sich hinunter, holte die Kohlen mit bloßen Händen aus der Asche und legte sie in seinen Mantel. Und weder versengten die Kohlen seine Hände, als er sie berührte, noch versengten sie seinen Mantel, sondern der Mann trug sie fort, als wenn es Nüsse oder Äpfel gewesen wären.«

Aber hier wurde die Märchenerzählerin zum dritten Mal unterbrochen. »Großmutter, warum wollte die Kohle den Mann nicht brennen?«

»Das wirst du schon hören«, sagte Großmutter, und dann erzählte sie weiter.

»Als dieser Hirt, der ein so böser, mürrischer Mann war, dies alles sah, begann er sich bei sich selbst zu wundern: ›Was kann dies für eine Nacht sein, wo die Hunde die Schafe nicht beißen, die Schafe nicht erschrecken, die Lanze nicht tötet und das Feuer nicht brennt?‹ Er rief den Fremden zurück und sagte zu ihm: ›Was ist dies für eine Nacht? Und woher kommt es, daß alle Dinge dir Barmherzigkeit zeigen?‹

Da sagte der Mann: ›Ich kann es dir nicht sagen, wenn du selber es nicht siehst.‹ Und er wollte seiner Wege gehen, um bald ein Feuer anzünden und Weib und Kind wärmen zu können.

Aber da dachte der Hirt, er wolle den Mann nicht ganz aus dem Gesicht verlieren, bevor er erfahren hätte, was dies alles bedeute. Er stand auf und ging ihm nach, bis er dorthin kam, wo der Fremde daheim war.

Da sah der Hirt, daß der Mann nicht einmal eine Hütte hatte, um darin zu wohnen, sondern er hatte sein Weib und sein Kind in einer Berggrotte liegen, wo es nichts gab als nackte, kalte Steinwände.

Aber der Hirt dachte, daß das arme unschuldige Kindlein vielleicht dort in der Grotte erfrieren würde, und obgleich er ein harter Mann war, wurde er davon doch ergriffen und beschloß, dem Kinde zu helfen. Und er löste sein Ränzel von der Schulter und nahm daraus ein weiches, weißes Schaffell hervor. Das gab er dem fremden Manne und sagte, er möge das Kind darauf betten.

Aber in demselben Augenblick, in dem er zeigte, daß auch er barmherzig sein konnte, wurden ihm die Augen geöffnet, und er sah, was er vorher nicht hatte sehen, und hörte, was er vorher nicht hatte hören können.

Er sah, daß rund um ihn ein dichter Kreis von kleinen, silberbeflügelten Englein stand. Und jedes von ihnen hielt ein Saitenspiel in der Hand, und alle sangen sie mit lauter Stimme, daß in dieser Nacht der Heiland geboren wäre, der die Welt von ihren Sünden erlösen solle.

Da begriff er, warum in dieser Nacht alle Dinge so froh waren, daß sie niemand etwas zuleide tun wollten. Und nicht nur rings um den Hirten waren Engel, sondern er sah sie überall. Sie saßen in der Grotte, und sie saßen auf dem Berge, und sie flogen unter dem Himmel. Sie kamen in großen Scharen über den Weg gegangen, und wie sie vorbeikamen, blieben sie stehen und warfen einen Blick auf das Kind.

Es herrschte eitel Jubel und Freude und Singen und Spiel, und das alles sah er in der dunklen Nacht, in der er früher nichts zu gewahren vermocht hatte. Und er wurde so froh, daß seine Augen geöffnet waren, daß er auf die Knie fiel und Gott dankte.«

Aber als Großmutter soweit gekommen war, seufzte sie und sagte: »Aber was der Hirte sah, das könnten wir auch sehen, denn die Engel fliegen in jeder Weihnachtsnacht unter dem Himmel, wenn wir sie nur zu gewahren vermögen.«

Und dann legte Großmutter ihre Hand auf meinen Kopf und sagte: »Dies sollst du dir merken, denn es ist so wahr, wie daß ich dich sehe und du mich siehst. Nicht auf Lichter und Lampen kommt es an, und es liegt nicht an Mond und Sonne, sondern was not tut, ist, daß wir Augen haben, die Gottes Herrlichkeit sehen können.«

ADALBERT STIFTER

Weihnacht

Soweit Aufzeichnungen und Erinnerungen zurückreichen, haben Menschen und Völker ihre heutigen Feste gehabt, an denen sie ihre Seelen in nähere Beziehung zu den Wesen setzten, die sie über sich glaubten, als Herren ihres Schicksals, mit großer, oft unbegrenzter Macht ausgerüstet, mit Gaben versehen, die unbegreiflich sind, und den Willen hegend, auf die Menschen mannigfach einzuwirken, sie mochten nun diese Wesen Götter oder Selige oder Himmlische oder wie immer heißen. Und ein Schein und ein Schimmer war gewiß zu allen Zeiten für sinnige Gemüter durch Herz und Natur bei diesen Festen ausgegossen, wenn auch nicht alle, ja vielleicht die wenigsten Ursprung, Zweck, Bedeutung und Inhalt der Feste erkannten und wenn sie vielmehr ihre eigenen frommen oder dichterischen oder einbildungsvollen Gedanken mit dem Feste verbanden. Und als das Licht des reineren Glaubens in die Welt gekommen war, haben die Feste nicht aufgehört; sie sind heiliger geworden, und ein Schein und ein Schimmer ist durch Herz und Natur bei ihnen ausgegossen, wenn die Menschen sich mit ihren Ahnungen in das Wesen des Festes versenken und wenn sie kleine Verzierungen und kleine Zutaten je nach den Wallungen und Pulsschlägen ihres Lebens beifügen.

Und ganze Abschnitte des Jahres bezeichnen solche Feste, und wie Lichtsäulen stehen sie auf den Zinnen der Zeit.

Das Christentum hat mehrere seelenerhebende Feste.

Und ist Pfingsten das »liebliche« Fest und ist Ostern das erhabene, so ist Weihnacht das herzinnige. Es ist das Fest des Kindes, des ewigen, des heiligsten, des allmächtigen, des liebreichsten Kindes, des Königes der Kinder.

In einer Nacht ist dieses Kind auf einer ärmlichen Stelle geboren worden und hat die Gestalt des Menschen angenommen, und diese Nacht wird jetzt von einer ganzen Welt gefeiert und heißt die Weihnacht, die Nacht der Weihe, die von nun ab über die Völker ausgebreitet worden ist.

Und wie in jener Zeit, ehe das Kind geboren worden ist, die Welt auf den Erlöser harrte, der die finstern Übel, die da brüteten, hinwegnehmen sollte, und wie uns gesagt wird, daß die Menschen gerufen haben: »Himmel, tauet ihn herab«, was in der römischen Sprache *rorate* hieß, so bereitet sich die Kirche durch ein monatlanges Fest, das Ankunftsfest, Advent, zu dem Geburtsfeste des Kindes vor, und der Priester der katholischen Kirche hält Meßopfer, die Rorate heißen, und die bis zu dem ersehnten Tage dauern.

Und in welche Zeit des Jahres fällt das Fest! Wenn zu Pfingsten alles grünt und duftet, wenn zu Ostern Feld und Garten und Wald sich zu dem holden Lenze rüstet, so ist die Weihnacht zu der Zeit des kürzesten Tages und der längsten Nacht. Und dennoch, wie ahnungsreich und herzerfüllend ist die Zeit. Wenn der tiefe, weiße, makellose Schnee die Gefilde weithin bedecket und an heitern Tagen die Sonne ihn mit Glanz überhüllet, daß er allwärts funkelt, wenn die Bäume des Gartens die weißen Zweige zu dem blauen Himmel strecken und wenn die Bäume des Waldes, die edlen Tannen, ihre Fächer mit Schnee belastet tragen, als hätte das Christkindlein schon lauter Christbäume gesetzt, die in Zucker und Edelsteinen flimmern, so schlägt das Gemüt der Feier entgegen, die da kommen soll. Und selbst wenn düstre, dicke Nebel die Gegend decken oder in schneeloser Zeit die Winde aus warmen Ländern bleigraue Wolken herbeijagen, die Regen und Stürme bringen, und wenn die Sonne tief unten, als wäre sie von uns weg zu glücklicheren Ländern gegangen, nur zuweilen matt durch den Schleier hervorblickt, so würden fromme Kinder den Glanz durch den Nebel oder durch die bleigrauen Wolken ziehen sehen, wie das Christkindlein durch sie hinschwebt, wenn sie nur eben zu der Zeit hinaussähen, da das Christkindlein vorüberschwebt; denn das Christkindlein rüstet sich auch schon lange Zeit zu seinem

Geburtsfeste, um den Kindern zu rechter Zeit ihre Gaben zu bescheren. Unsere Großmutter hat uns Kindern oft davon gesagt. Sie hatte viele Sprüche, die unser Gemüt erfüllten und mit einer Art Gewalt überschütteten. »Sehet, Kinder«, sagte sie einmal, »so groß ist die Seligkeit im Himmel, daß, wenn von dem himmlischen Garten nur ein Laubblättlein auf die Erde herabfiele, die ganze Welt vor Süßigkeit vergehen müßte.« Und ein anderes Mal sagte sie zu mir: »Knäblein, so lange ist die Ewigkeit, daß, wenn die Weltkugel von lauter Stahl und Eisen wäre und alle tausend Jahre ein Mücklein käme und einmal ein Füßlein auf der Kugel wetzte, die Zeit, in welcher das Mücklein die ganze Kugel zu nichts zerwetzt hätte, ein Augenblick gegen die Ewigkeit wäre.« Sie sagte, der Loritzbauer aus dem vordern Glöckelberge habe einmal den Glanz des Christkindleins gesehen, da er noch ein Knabe war. Gegen die Mitternachtseite des Himmels erhob sich in der Andreasnacht ein Schein, und es war dann ein Bogen wie eine Brücke über dem Himmel, daß das Knäblein darüber ziehe, und die Brücke wurde mit Schimmerbüschlein geziert, und als das Kindlein vorüber war, erloschen die Schimmerbüschlein, und es erblaßte die Brücke, und es war nur noch ein Schein in den Gegenden, durch welche das Kind gezogen war. Und der Richter in dem hinteren Glöckelberge hat als kleiner Knabe einmal das Christkind auf einem kleinen funkelnden Wagen am Abende schnell durch den Himmel fahren gesehen. Und manche Kinder haben schon den Schein und Glanz erblickt, und wir könnten ihn auch vielleicht noch sehen, wenn wir gut und fromm sind und oft auf den Himmel schauen. Ich habe aber den Glanz nie erblickt. Da ich zwanzig Jahre alt war und an den Schimmer des in den Adventnächten durch den Himmel ziehenden Christkindes nicht mehr glaubte und eine Zeit in einem schweren Fieber lag, das mir wälzende Ballen, sich unsäglich weit aufwickelnde Kugeln und klirrende und schmetternde Töne brachte, sah ich auch zum öfteren Male den Schein des Christkindleins, es fuhr in wundervoll buntem glänzenden Gefieder durch den Himmel; ich sah seine Gestalt, ich sah sein Angesicht, und es lächelte mich ungemein liebevoll an, und ich war jedesmal sehr beseligt davon. Und mancher Greis wird, wenn die Welt fahl und öde geworden ist und wenn das Himmelsgewölbe ausgeleert ist und nur die fernen Sterne und die nahen Dünste enthält, noch in der Erinnerung den bunten Glanz sehen und eine matte Freude haben, daß er so selig gewesen ist, da er ein Kind war. Und mancher Greis, der in Kraft und Schönheit seines Alters die Freuden der Natur, der Kunst, der Wissenschaft, der Freundschaft, der Ehe, der Familie, des Vaterlandes um sich hat, wird als Kleinod auch noch den Wunderglauben seiner Kindheit dazu legen.

Und wenn die Zeit des Adventes immer weiter vorrückt, wenn die eine Nacht völlig der andern schon die Hand reicht und der dazwischenliegende Tag nur eine hellere Nacht erscheint und die geliebte Sonne, wenn sie ja gesehen wird, gar so weit unten ist und mit ihrer Kraft nicht heraufzureichen vermag, oder wenn die Schneeflocken die Luft erfüllen oder wenn die Dünste und Nebel in ihr stecken: so kommt doch endlich, wenn dies alles zum weitesten gediehen ist, der Tag, an welchem die Kinder in der Stadt die unzähligen Bäumchen sehen, als wäre ein junger grüner Wald in die Gassen und auf die Plätze gewandert, welche Bäumchen, wie ihnen die Eltern sagen, in die Häuser getragen und dort in einem verschwiegenen Zimmer aufgestellt werden, damit das Christkindlein heimlich seine Gaben darauf befestige. Und den Kindern auf dem Lande wird gesagt: »Morgen, übermorgen, wenn die Nacht erscheint, stellen wir ein Tannenbäumchen in die Stube, in die Kammer, in das Prunkgemach, und das Christkindlein wird es mit Geschenken behängen«, oder es wird gesagt: »Wir breiten ein Tuch auf den Tisch, auf den Kasten, auf den Stuhl, und es wird dann auf dem Tuche liegen, was das Christkindlein zu der Heiligen Nacht gebracht hat.«

Und endlich kömmt diese Heilige Nacht. So kurz die Tage sind, so hat doch an diesem Tage die Nacht gar nicht kommen wollen, und immer und immer dauerte der Tag. Das Christkind aber gibt die Gaben nur in der Nacht seiner Geburt. Und sie ist jetzt gar wirklich gekommen, diese Nacht. Die Lichter brennen schon in dem schönen Zimmer der Stadtleute, auf der Leuchte in der Stube der armen Waldhütte brennt der Kien, oder es brennt ein Span in seiner eisernen Zange auf einem hölzernen Gestelle. In dem Zimmer mit den Lichtern oder in der Stube mit dem brennenden Kien oder dem brennenden Spane harren die Kinder. Da kömmt die Mutter und sagt: »Das Christkindlein ist schon dagewesen.«

Und nun öffnen sich die Flügeltüren, und die Kinder und alle, welche gekommen sind, die Freude zu teilen, gehen in das verschwiegene Zimmer. Dort steht der Baum, der sonst nichts als grün gewesen ist. Jetzt sind unzählige flimmernde Lichter auf ihm, und bunte Bänder und Gold und unbekannte Kostbarkeiten hängen von ihm nieder. Und der Gaben ist eine Fülle auf ihm, daß man sich kaum fassen kann. Die Kinder sehen ihre liebsten Wünsche erfüllt, und selbst die Erwachsenen und selbst der Vater und die Mutter haben von dem Christkinde Geschenke erhalten, weil sie Freunde der Kinder sind und die Kinder lieben. Die Bangigkeit der Erwartung geht jetzt in Jubel auf, und man kann nicht enden, sich zu zeigen, was gespendet worden ist. Man zeigt es sich immer wieder und immer wieder und freut sich, bis der Erregung die Ermattung folgt und der Schlummer die kleinen Augenlider schließt.

Und auch die Tür aus der Stube der Waldhütte öffnet sich in die Kammer hinaus, und die Kinder gehen durch die Tür, und auf einem Baume mit mehreren Lichtlein hängen wunderbare goldene Nüsse und goldene Pflaumen und Äpfel und Birnen und Backwerk und anderes Liebes, vielleicht ein hölzerner, schön bemalter Kuckuck oder ein Trompetchen oder zwei rote unvergleichliche Schuhe. Und wenn kein Baum in der Kammer ist, so liegen diese Dinge auf einem weißen reinen Tuche, und eine Talgkerze brennt dabei. Und die Dinge werden in die Stube hinausgetragen und die Talgkerze auch, und sie bleibt in der Heiligen Nacht brennen, bis die Kinder schlafen gehen.

Und vor Freude und vor Entzücken gehen sie recht lange nicht schlafen und kosten auch noch von den gespendeten Dingen. Aber endlich bringt sie der Schlummer doch unter ihre Decke, und manche Gabe geht mit in das Bett.

Selbst den Kindern in Hütten, wo nur eine Stube und gar keine verschwiegene Kammer ist, bringt das Christkind Gaben. Sie dürfen nur in das Vorhaus, in den Stallgang oder wo immer hin auf einen Stein, darauf man sonst Garn klopft, oder auf einen Stock oder auf einen Stuhl ein Tuch breiten und ein leeres Schüsselchen stellen, und wenn sie nach einer Zeit wieder nachsehen, ist das Schüsselchen gefüllt mit Goldnüssen, Pflaumen, Birnen, Äpfeln, Honigkuchen und erwünschlichen Sachen.

Und zu solchen Kindern, damit sie wissen, daß das Schüsselchen gefüllt ist, sendet öfter das Christkindlein eines seiner goldenen Rößlein, mit denen es durch den Himmel fährt, und läßt die geschehene Begabung verkündigen. Und das Rößlein läutet vor der Tür der Stube mit seiner Glocke und tut ungebärdig, schlägt an die Tür, und wenn die Kinder hinauseilen, ist das Rößlein fort, und das gefüllte Schüsselchen steht da. Wir haben oft in längst vergangenen Christnächten im Walde an der jungen Moldau das goldene Rößlein läuten und toben gehört.

Und wenn die Millionen Kinder, welche in dieser Nacht beteilt worden waren, schon in ihren Bettchen schlummern und ihr Glück sich noch in manchem Traume nachspiegelt und wenn von dem hohen Turme des Domes in der großen Stadt die Schläge der zwölften Stunde der Nacht herabgetönt haben, so erschallt das Geläute der Glocken auf dem hohen Turme des Domes, es erschallt das Geläute der Glocken auf allen Kirchentürmen der Stadt, und das Geläute ruft die Menschen in die Kirchen zu dem mitternächtlichen Gottesdienste. Und von allen Seiten wandeln die Menschen in die heiligen Räume. Und in dem hohen gotischen Dome strahlt alles von einem Lichtermeere, und so groß das Lichtermeer ist, welches weit und breit in den unteren Räumen des Domes ausgegossen wird, so reicht es doch nicht in die Wölbung empor, in welche die schlanken Säulen oben auseinandergehn, und in jenen Höhen wohnt erhabene Finsternis, welche den Dom noch erhabener macht. Der hohe Priester des Domes und die Priesterschaft des Domes feiern den Gottesdienst. Und so heilig ist das Fest, daß an ihm, und nur an ihm allein, jeder katholische Priester dreimal das Meßopfer vollbringen darf. Und wenn schon die Baukunst in den zarten Riesengliedern des Domes dem Gottesdienste als Dienerin beigegeben ist, wenn die tiefe Pracht der kirchlichen Gewänder dem Feste Glanz gibt, so tönet nun auch die Musik in ihren vollen Wellen und in kirchlichem Ernste, von dem Chore tadellos dargestellt, hernieder. Und wenn die heilige Handlung vorüber ist, zerstreuen sich Priester und Laien, die Lichter werden ausgelöscht, und der Dom ragt finster zu dem Monde, wenn er am Himmel scheint, oder zu den Sternen oder gegen die dunkeln, schattenden Wolken.

Und wie in dem Dome, so wird in allen Kirchen der großen Stadt mit den Mitteln der Kirche das heilige Mitternachtfest gefeiert, soweit die Mittel und der Eifer und die Andacht reichen. Und in jeder Kirche ist die gläubige Menge und feiert das Fest und sucht nach demselben seine Wohnung und seinen Nachmitternachtsschlummer.

Aber auch, wie um Mitternacht in der Weihnacht die Glokken der großen Stadt zum Gottesdienste rufen, so rufen in derselben Stunde alle Kirchenglocken der kleineren Stadt, der kleinsten Stadt, des Marktfleckens, des Dorfes, es rufen die Glocken aller Kirchen zu dem heiligen Feste, in welchen Kirchen das Fest gefeiert wird. Und es sind Millionen Tempel, in denen man das Geburtfest des Kindes begeht. Und wie die Mitternacht von Osten gegen den Westen herüberrückt, so rückt das Geläute von Osten gegen den Westen, bis es an das Meer kömmt. Dort macht es eine Pause und beginnt nach einigen Stunden jenseits des Ozeans.

Gehen wir von der Pracht der Hauptstadt in das Walddorf. Die Kirche steht auf einem Hügel, rings liegen Häuser und

Hütten herum, und an allen Höhen und an allen weitgestreckten Machtgliedern des Waldes sind in verschiedenen Entfernungen Häuser und Häuschen und Hütten. Lange schon vor Mitternacht der Weihnacht steht die Kirche erleuchtet, und ihre Fenster schimmern weit in die Nacht hinaus. Und von den Waldhöhen und aus den Tälern von allen Seiten her bewegen sich Lichter gegen die Kirche. Menschen wandeln mit Laternen durch die in jenen Gegenden zur Zeit meistens schon schneeige Winternacht. Und wer ein Pferdchen und einen Schlitten hat, kömmt mit den Seinigen wohl auch gefahren, wenn die Bahn nicht verweht ist. Sie sammeln sich in der Kirche. Einige erquicken sich vorher auch ein wenig in der Schenke. Endlich läßt die Uhr des Turmes die zwölf Schläge ertönen. Und darauf erklingen die Turmglocken in den hellen Tönen einer kleinen Kirche, nicht in der langsamen, ruhigen Tiefe der großen Glocken der Hauptstadt. Auf den Glockenruf gehen nun eilig jene Kirchengänger, welche nahe an dem Gotteshause wohnen und bis auf das letzte Zeichen gewartet haben, und es gehen die, welche vorher das Gasthaus besucht haben, in die Kirche. Dort nimmt mancher seinen Sitz ein, der für ihn auf ein und alle Male bestimmt ist, die andern ordnen sich nach Gelegenheit. Der Schullehrer, welcher auch Kirchendiener ist, zündet noch jene Kerzen an, welche bis auf den letzten Augenblick hatten warten müssen. Dann geht er in die Sakristei. Auf dem Chore hallen einzelne Töne der Orgel, der Geige, der Klarinette, wie man sich zusammen zu stimmen sucht; denn die Nacht, die Kälte, die Feuchtigkeit hat auf Saiten und Luftsäulen einen Einfluß. Der Pfarrer verläßt sein warmes Stüblein und geht durch den Schnee in die Sakristei. Dort wird er von dem Schullehrer mit den kirchlichen Gewändern bekleidet, und es wird sonst alles geordnet, was noch zu ordnen ist. Dann eilt der Schullehrer fort. Der Pfarrer wartet noch, bis der Schullehrer auf dem Chore ist, wo er jetzt in seiner andern Würde als *Regens chori* zu wirken hat. Der Pfarrer wartet, daß er bei seinem Hinaustritte in die Kirche von der richtigen und gesetzmäßigen Musik empfangen werden kann. Endlich tönt das Sakristeiglöcklein, die Ministranten schreiten voran, der Pfarrer geht in die Kirche, und die Musik fällt ein. Es wirken zu ihr so manche zusammen. Der Schullehrer zieht sich zu ihr aus Schülern oder halb erwachsenen Kindern Sänger, und für die Geigen und für die Klarinetten und für die Waldhorne und für die Trompeten und für die Pauken und für den tiefen Gesang finden sich immer Freiwillige in der Gemeinde, die der heiligen Töne walten. Und so eingewurzelt ist die Gewohnheit, daß dieselbe Musikbeschäftigung oft von Vater auf Sohn und Enkel und Urenkel forterbt. So war in einem Orte des böhmischen Waldes seit Menschengedenken die Baßgeige bei einem Hause, so daß es bei diesem Hause noch heutzutage beim Baß-Lorenz heißt. Die Orgel aber bleibt regelmäßig der Thronsitz des Lehrers. Der Pfarrer feiert in seiner Kirche die heilige Handlung, die Andächtigen sitzen in den Stühlen und lesen bei den vielen Lichtlein ihrer Wachsstöcke in ihren Gebetbüchern, und die auf dem Chore haben ihre Freude, wenn sie einen Gesang der Engel ausdrücken können zur Verkündigung der Geburt des Kindes und wenn sie eine Hirtenweise spielen, um die Hirten auf dem Felde anzudeuten. Der Klingelbeutel sammelt zu Bestreitung der Kirchenbedürfnisse, und das ärmste Weiblein greift um einen Pfennig in ihren Sack. Die Kirchenväter und die Pröpste der Gemeinde tun vor dem Altare ihre Schuldigkeit, und so endet alles mit Andacht und Erhebung, oft mit Rührung. Der Pfarrer legt in der Sakristei seinen Schmuck ab, die Kirchengeräte werden geborgen, und er wird in den Pfarrhof geleitet. Die Menschen verlassen die Kirche, und die Musiker sagen im Auseinandergehen: »Heute war es nicht übel, es hätte in einer Stadt nicht besser sein können.« Die Lichter der Kirche erlöschen allgemach, die Lichter der Laternen bewegen sich gegen die Waldhöhen, gegen die Waldtäler in allen Richtungen von der Kirche weg, die Schlitten fahren davon, und die Menschen kommen wieder zu ihren schlafenden Kindern heim und zu denen, die in ihrer Abwesenheit Haus und Hof behüten mußten. Und die Kirche auf dem Hügel steht dann finster in der übrigen Nacht, und Häuser und Hütten sind finster, nur daß selten irgendwo noch ein Lichtlein flimmert.

Am nächsten Tage haben die Menschen ihre festlichsten Gewänder an, es ist der Weihnachtstag. Der Taggottesdienst wird noch gehalten, und in der ärmsten Hütte wird auf den Mittagtisch gestellt, was die Kräfte vermögen. Und wie an diesem Tage das Heil in die Welt gekommen ist, so wird von ihm an auch wie zur Versinnbildlichung der Winter wenngleich kälter, doch klarer, die Tage wachsen, und alles zielt auf ein fröhlicheres Auswärts.

Und wie im Walde ist es in der großen Stadt. Die Menschen sind am Weihnachtstage im schweresten Putze und feiern den Tag noch in der Kirche und an ihrem Tische und wenden sich zu bessern Wintertagen und zu einem freudigen, dereinst kommenden Lenze.

Derer erwähne ich nicht, die vor dem Mitternachtgottesdienste das Gasthaus besetzen, und oft auch während desselben, und die vor und nach ihm bei dem Lichte des Waldwirtshauses sitzen; denn das ist keine Vor- und Nachfeier. Wo aber in der Waldnacht das Lichtlein eines Kranken flimmert, wird gewiß er und werden die Seinigen zu dem Kindlein beten.

THOMAS MANN

Briefe zur Weihnachtszeit

An Heinrich Mann

München d. 23. XII. 1904
Ainmillerstraße 31 III

Lieber Heinrich:
Jetzt zu Weihnachten muß denn doch irgend etwas geschehen, das sehe ich wohl; ich bedarf Deiner Nachsicht und Einsicht ohnedies nur zu sehr. Du wirst begreifen: diese Zeitläufte sind dem Briefschreiben so ungünstig, sie führen für mich so viel Erregung und Verwirrung und Anspannung und Abspannung mit sich, daß ich Dich nicht hindern konnte, in der Ferne den Eindruck zu gewinnen, als hätte ich es überhaupt aufgegeben, mich um das nicht ganz simple Problem unseres Verhältnisses noch weiter zu grämen und als lebte ich skrupellos meinem »Glücke« ... Nun, das ist natürlich Unsinn. Das »Glück« selbst müßte etwas minder Problematisches sein, damit es sich so verhalten könnte – und mein Mißtrauen dagegen geringer. Das Glück ist ganz und gar etwas Anderes, als Diejenigen, die es nicht kennen, sich darunter vorstellen. Es ist schlechterdings nicht geeignet, Ruhe und Behagen und Skrupellosigkeit ins Leben zu bringen, und ich bestreite ausdrücklich, daß es zur Erleichterung und Erheiterung beizutragen vermag. Ich habe das gewußt. Nie habe ich das Glück für etwas Leichtes und Heiteres gehalten, sondern stets für etwas so Ernstes, Schweres und Strenges wie das Leben selbst – und vielleicht *meine* ich das Leben selbst. Ich habe es mir nicht »gewonnen«, es ist mir nicht »zugefallen«, – ich habe mich ihm *unterzogen:* aus einer Art Pflichtgefühl, einer Art von Moral, einem mir eingeborenen Imperativ, den ich, da er ein Zug vom Schreibtische *weg* ist,

lange als eine Form von Liederlichkeit fürchtete, den ich aber mit der Zeit doch als etwas Sittliches anzuerkennen gelernt habe. Das »Glück« ist ein Dienst – das Gegentheil davon ist ungleich bequemer; und ich betone das, nicht, weil ich irgend etwas wie Neid bei Dir voraussetzte, sondern weil ich argwöhne, daß Du im Gegentheile sogar mit etwas Geringschätzung auf mein neues Sein und Wesen blickst. Thu das nicht. Ich habe es mir nicht leichter gemacht. Das Glück, *mein* Glück ist in zu hohem Grade Erlebnis, Bewegung, Erkenntnis, Qual, es ist zu wenig dem Frieden und zu nahe dem Leide verwandt, als daß es meinem Künstlerthume dauernd gefährlich werden könnte ... Das Leben, das Leben! Es bleibt eine Drangsal. Und so wird es mich denn wohl auch mit der Zeit noch zu ein paar guten Büchern veranlassen.

Um aber ein wenig gegenständlicher zu werden – so weiß ich nicht, ob Du Dich völlig in meine Lage versetzen kannst. Es gilt, sich, mit nicht immer ganz frischen Kräften, in eine ganz neue Daseinsform einzuarbeiten, in einem nie gewohnten Grade aktiv zu sein, überhaupt zu »sein«, während man früher nur repräsentirte. Ich mache meine Sache nicht schlecht, wie es scheint. Man versichert mir, daß ich viel weltlicher geworden bin; und zum Frack trage ich eine hellgraue Velvet-Weste mit Silberknöpfen. Dies sei als symbolische Pointe hergesetzt, damit ich nicht zu weitläufig zu werden brauche. Sonst bekommst Du den Brief noch nicht einmal am ersten Feiertage ... Nochmals, es gilt andauernd, sich menschlich stramm zu halten, und oft genug läuft das ganze »Glück« auf ein Zähne zusammenbeißen hinaus. Die letzte Hälfte der Werbezeit – nichts als eine große seelische Strapaze. Die Verlobung – auch kein Spaß, Du wirst das glauben. Die absorbirenden Bemühungen, mich in die neue Familie einzuleben, einzupassen (soweit es geht). Gesellschaftliche Verpflichtungen, hundert neue Menschen, sich zeigen, sich benehmen. Berlin – ein üppiges Abenteuer. Lübeck – ein skurriler und rührender Traum. Und zwischendurch tagtäglich die fruchtlosen und enervirenden Extasen, die dieser absurden Verlobungszeit eigenthümlich sind: dies Alles aufgezählt noch immer als Entschuldigung für mein Schweigen. Du wirst verstehen; ich konnte nicht anders. Selbst mit dem Alleinsein war nichts anzufangen. Es giebt ein oberflächliches Alleinsein wie es einen oberflächlichen Schlaf giebt. Erst jetzt wird es langsam ein bischen besser, ruhiger, gewohnter, wurschtiger. Aber ich bin so kaput, daß ich ernstlich mit dem Gedanken umgehe, nach Neujahr noch auf 8 bis 10 Tage zu verschwinden, mich nach Polling zurückzuziehen und nichts zu thun, als arbeiten und erotinfreie (?) Winterluft athmen.

Nun, vorher kommt noch Weihnachten, und es ist jammerschade, daß Du nicht dabei sein kannst. Es wird völlig neuartig und amüsant dies Jahr. Am zweiten Feiertage sind die Mutter, Löhrs, Vicco und Grautoff mit mir bei Pringsheims. Doch eine wunderliche Constellation, die ich da bewerkstelligt habe!

[...]

An Heinrich Mann

München, den 7. XII. 1908.
Franz Joseph-Str. 2.

Lieber Heinrich:

[…]

Wie Katja Dir schon schrieb: ich bin nicht in Briefschreibe-Zustand. Für die N[eue] Fr[eie] Pr[esse] habe ich einen Schmarren gemacht, der 300 M wegen, die ich für Weihnachtsgeschenke brauche. Er fängt an:

»Etwas erzählen? Aber ich weiß nichts. Gut, also ich werde etwas erzählen.« Und so geht es weiter.

[…]

T.

An Ernst Bertram

München den 25. XII. 22
Poschingerstr. 1.

Lieber, guter Freund,
das ganze Haus vereinigt seine Danksagungen für all Ihr treues, sorgsames Gedenken! Elisabethchen ist selig mit ihrem bunten Wunderbuch, und ich habe das vom Verleger mitgesandte Widmungsblatt säuberlich an den vier Ecken in mein Exemplar Ihrer Rheingesänge geklebt. So paradiert der schöne, noble Band neben Litzmanns dreibändiger »Clara Schumann« (die mir lieber ist, als der Wildenbruch) auf meinem Gabentischchen und erfreut mein Auge. Denn es ist doch merkwürdig, welche Verklärung die Dinge durch das Weihnachtskerzenlicht erfahren, für Klein und Groß. So ein Spazierstock, eine Frühstückstasse, ein Taschenmesser, oder was es sei, hört auf, Ware zu sein und wird »Gabe«, etwas vom Himmel und von der Liebe Kommendes, das einem lieb bleibt durch die Art des Empfanges.

[...]

Ihr
Thomas Mann.

THOMAS MANN

Der Heilige Abend bei den Buddenbrooks

Unter solchen Umständen kam diesmal das Weihnachtsfest heran, und der kleine Johann verfolgte mit Hülfe des Abreißkalenders, den Ida ihm angefertigt, und auf dessen letztem Blatt ein Tannenbaum gezeichnet war, pochenden Herzens das Nahen der unvergleichlichen Zeit.

Die Vorzeichen mehrten sich ... Schon seit dem ersten Advent hing in Großmamas Eßsaal ein lebensgroßes, buntes Bild des Knecht Ruprecht an der Wand. Eines Morgens fand Hanno seine Bettdecke, die Bettvorlage und seine Kleider mit knisterndem Flittergold bestreut. Dann, wenige Tage später, nachmittags im Wohnzimmer, als Papa mit der Zeitung auf der Chaiselongue lag und Hanno gerade in Geroks ›Palmblättern‹ das Gedicht von der Hexe zu Endor las, wurde wie alljährlich und doch auch diesmal ganz überraschenderweise ein »alter Mann« gemeldet, welcher »nach dem Kleinen frage«. Er wurde hereingebeten, dieser alte Mann, und kam schlürfenden Schrittes, in einem langen Pelze, dessen rauhe Seite nach außen gekehrt und der mit Flittergold und Schneeflocken besetzt war, ebensolcher Mütze, schwarzen Zügen im Gesicht und einem ungeheuren weißen Barte, der wie die übernatürlich dicken Augenbrauen mit glitzernder Lametta durchsetzt war. Er erklärte, wie jedes Jahr, mit eherner Stimme, daß *dieser* Sack – auf seiner linken Schulter – für gute Kinder, welche beten könnten, Äpfel und goldene Nüsse enthalte, daß aber andererseits *diese* Rute – auf seiner rechten Schulter – für die bösen Kinder bestimmt sei ... Es war Knecht Ruprecht. Das heißt, natürlich nicht so ganz und vollkommen der echte und im Grunde vielleicht bloß Barbier Wenzel in Papas gewendetem Pelz; aber soweit ein Knecht Ruprecht überhaupt möglich, war er *dies*, und Hanno sagte auch dieses Jahr wieder, aufrichtig erschüttert und nur ein- oder zweimal von einem nervösen und halb unbewußten Aufschluchzen unterbrochen, sein Vaterunser her, worauf er einen Griff in den Sack für die guten Kinder tun durfte, den der alte Mann dann überhaupt wieder mit sich zu nehmen vergaß …

Es setzten die Ferien ein, und der Augenblick ging ziemlich glücklich vorüber, da Papa das Zeugnis las, das auch in der Weihnachtszeit notwendig ausgestellt werden mußte … Schon war der große Saal geheimnisvoll verschlossen, schon waren Marzipan und Braune Kuchen auf den Tisch gekommen, schon war es Weihnacht draußen in der Stadt. Schnee fiel, es kam Frost, und in der scharfen, klaren Luft erklangen durch die Straßen die geläufigen oder wehmütigen Melodien der italienischen Drehorgelmänner, die mit ihren Sammetjacken und schwarzen Schnurrbärten zum Feste herbeigekommen waren. In den Schaufenstern prangten die Weihnachtsausstellungen. Um den hohen gotischen Brunnen auf dem Marktplatze waren die bunten Belustigungen des Weihnachtsmarktes aufgeschlagen. Und wo man ging, atmete man mit dem Duft der zum Kauf gebotenen Tannenbäume das Aroma des Festes ein.

Dann endlich kam der Abend des 23. Dezembers heran und mit ihm die Bescherung im Saale zu Haus, in der Fischergrube, eine Bescherung im engsten Kreise, die nur ein Anfang, eine Eröffnung, ein Vorspiel war, denn den Heiligen Abend hielt die Konsulin fest in Besitz, und zwar für die ganze Familie, so daß am Spätnachmittage des 24. die gesamte Donnerstag-Tafelrunde, und dazu noch Jürgen Kröger aus Wismar sowie Therese Weichbrodt mit Madame Kethelsen, im Landschaftszimmer zusammentrat.

In schwerer, grau und schwarz gestreifter Seide, mit geröteten Wangen und erhitzten Augen, in einem zarten Duft von Patschuli, empfing die alte Dame die nach und nach eintretenden Gäste, und bei den wortlosen Umarmungen klirrten ihre goldenen Armbänder leise. Sie war in unaussprechlicher stummer und zitternder Erregung an diesem Abend. »Mein Gott, du fieberst ja, Mutter!« sagte der Senator, als er mit Gerda und Hanno eintraf ... »Alles kann doch ganz gemütlich vonstatten gehen.« Aber sie flüsterte, indem sie alle drei küßte: »Zu Jesu Ehren ... Und dann mein lieber seliger Jean ...«

In der Tat, das weihevolle Programm, das der verstorbene Konsul für die Feierlichkeit festgesetzt hatte, mußte aufrecht erhalten werden, und das Gefühl ihrer Verantwortung für den würdigen Verlauf des Abends, der von der Stimmung einer tiefen, ernsten und inbrünstigen Fröhlichkeit erfüllt sein mußte, trieb sie rastlos hin und her – von der Säulenhalle, wo schon die Marien-Chorknaben sich versammelten, in den Eßsaal, wo Riekchen Severin letzte Hand an den Baum und die Geschenktafel legte, hinaus auf den Korridor, wo scheu und verlegen einige fremde alte Leutchen umherstanden, Hausarme, die ebenfalls an der Bescherung teilnehmen sollten, und wieder im Landschaftszimmer, wo sie mit einem stummen Seitenblicke jedes überflüssige Wort und Geräusch strafte. Es war so still, daß man die Klänge einer entfernten Drehorgel vernahm, die zart und klar wie die einer Spieluhr aus irgendeiner beschneiten Straße den Weg hierher fanden. Denn obgleich nun an zwanzig Menschen im Zimmer saßen und standen, war die Ruhe größer als in einer Kirche, und die Stimmung gemahnte, wie der Senator ganz vorsichtig seinem Onkel Justus zuflüsterte, ein wenig an die eines Leichenbegängnisses.

Übrigens war kaum Gefahr vorhanden, diese Stimmung möchte durch einen Laut jugendlichen Übermutes zerrissen werden. Ein Blick hätte genügt, zu bemerken, daß fast alle Glieder der hier versammelten Familie in einem Alter standen, in welchem die Lebensäußerungen längst gesetzte Formen angenommen haben. Senator Thomas Buddenbrook, dessen Blässe den wachen, energischen und sogar humoristischen Ausdruck seines Gesichtes Lügen strafte; Gerda, seine Gattin, welche, unbeweglich in einen Sessel zurückgelehnt und das schöne weiße Gesicht nach oben gewandt, ihre nahe beieinanderliegenden, bläulich umschatteten, seltsam schimmernden

Augen von den flimmernden Glasprismen des Kronleuchters bannen ließ; seine Schwester, Frau Permaneder; Jürgen Kröger, sein Cousin, der stille, schlicht gekleidete Beamte; seine Cousinen Friederike, Henriette und Pfiffi, von denen die beiden ersteren noch magerer und länger geworden waren und die letztere noch kleiner und beleibter erschien als früher, denen aber ein stereotyper Gesichtsausdruck durchaus gemeinsam war, ein spitziges und übelwollendes Lächeln, das gegen alle Personen und Dinge mit einer allgemeinen medisanten Skepsis gerichtet war, als sagten sie beständig: ›Wirklich? Das möchten wir denn doch fürs erste noch bezweifeln‹ ...; schließlich die arme, aschgraue Klothilde, deren Gedanken wohl direkt auf das Abendessen gerichtet waren: – sie alle hatten die Vierzig überschritten, während die Hausherrin mit ihrem Bruder Justus und seiner Frau gleich der kleinen Therese Weichbrodt schon ziemlich weit über die Sechzig hinaus war und die alte Konsulin Buddenbrook, geborene Stüwing, sowie die gänzlich taube Madame Kethelsen sich schon in den Siebzigern befanden.

In der Blüte ihrer Jugend stand eigentlich nur Erika Weinschenk; aber wenn ihre hellblauen Augen – die Augen Herrn Grünlichs – zu ihrem Manne, dem Direktor, hinüberglitten, dessen geschorener, an den Schläfen ergrauter Kopf mit dem schmalen, in die Mundwinkel hineingewachsenen Schnurrbart sich dort neben dem Sofa von der idyllischen Tapetenlandschaft abhob, so konnte man bemerken, daß ihr voller Busen sich in lautlosem, aber schwerem Atemzuge hob ... Ängstliche und wirre Gedanken an Usancen, Buchführung, Zeugen, Staatsanwalt, Verteidiger und Richter mochten sie bedrängen, ja, es war wohl keiner im Zimmer, dem diese unweihnachtlichen Gedanken nicht im Sinne gelegen hätten. Der angeklagte Zustand von Frau Permaneders Schwiegersohn, das Bewußtsein der gesamten Familie von der Gegenwart eines Mitgliedes, das eines Verbrechens gegen die Gesetze, die bürgerliche Ordnung und die geschäftliche Ehrenhaftigkeit geziehen und vielleicht der Schande und dem Gefängnis verfallen war, gab der Versammlung ein vollständig fremdes, ungeheuerliches Gepräge. Ein Weihnachtsabend der Familie Buddenbrook mit einem Angeklagten in ihrer Mitte! Frau Permaneder lehnte sich mit strengerer Majestät in ihren Sessel zurück, das Lächeln der Damen Buddenbrook aus der Breiten Straße ward um noch eine Nuance spitziger ...

Und die Kinder? Der ein wenig spärliche Nachwuchs? War auch er für das leis Schauerliche dieses so ganz neuen und ungekannten Umstandes empfänglich? Was die kleine Elisabeth betraf, so war es unmöglich, über ihren Gemütszustand zu urteilen. In einem Kleidchen, an dessen reichlicher Garnitur mit Atlasschleifen man Frau Permaneders Geschmack erkannte, saß das Kind auf dem Arm seiner Bonne, hielt seine Daumen in die winzigen Fäuste geklemmt, sog an seiner Zunge, blickte mit etwas hervortretenden Augen starr vor sich hin und ließ dann und wann einen kurzen, knarrenden Laut vernehmen, worauf das Mädchen es ein wenig schaukeln ließ. Hanno aber saß still auf seinem Schemel zu den Füßen seiner Mutter und blickte gerade wie sie zu einem Prisma des Kronleuchters empor ...

Christian fehlte! Wo war Christian? Erst jetzt im letzten Augenblick bemerkte man, daß er noch nicht anwesend sei. Die Bewegungen der Konsulin, die eigentümliche Manipulation, mit der sie vom Mundwinkel zur Frisur hinaufzustreichen pflegte, als brächte sie ein hinabgefallenes Haar an seine Stelle zurück, wurden noch fieberhafter ... Sie instruierte eilig Mamsell Severin, und die Jungfer begab sich an den Chorknaben vorbei durch die Säulenhalle, zwischen den Hausarmen hin über den Korridor und pochte an Herrn Buddenbrooks Tür.

Gleich darauf erschien Christian. Er kam mit seinen mageren, krummen Beinen, die seit dem Gelenkrheumatismus etwas lahmten, ganz gemächlich ins Landschaftszimmer, indem er sich mit der Hand die kahle Stirne rieb.

»Donnerwetter, Kinder«, sagte er, »das hätte ich beinahe vergessen!«

»Du hättest es ...« wiederholte seine Mutter und erstarrte ...

»Ja, beinah vergessen, daß heut' Weihnacht ist ... Ich saß und las ... in einem Buch, einem Reisebuch über Südamerika ... Du lieber Gott, ich habe schon andere Weihnachten gehabt ...« fügte er hinzu und war soeben im Begriff, mit der Erzählung von einem Heiligen Abend anzufangen, den er zu London in einem Tingel-Tangel fünfter Ordnung verlebt, als plötzlich die im Zimmer herrschende Kirchenstille auf ihn zu wirken begann, so daß er mit krausgezogener Nase und auf den Zehenspitzen zu seinem Platze ging.

»Tochter Zion, freue dich!« sangen die Chorknaben, und sie, die eben noch da draußen so hörbare Allotria getrieben, daß der Senator sich einen Augenblick an die Tür hatte stellen müssen, um ihnen Respekt einzuflößen, – sie sangen nun ganz wunderschön. Diese hellen Stimmen, die sich, getragen von den tieferen Organen, rein, jubelnd und lobpreisend aufschwangen, zogen aller Herzen mit sich empor, ließen das Lächeln der alten Jungfern milder werden und machten, daß die alten Leute in sich hineinsahen und ihr Leben überdachten, während die, welche mitten im Leben standen, ein Weilchen ihrer Sorgen vergaßen.

Hanno ließ sein Knie los, das er bislang umschlungen gehalten hatte. Er sah ganz blaß aus, spielte mit den Fransen seines Schemels und scheuerte seine Zunge an einem Zahn, mit halbgeöffnetem Munde und einem Gesichtsausdruck, als fröre ihn. Dann und wann empfand er das Bedürfnis, tief aufzuatmen, denn jetzt, da der Gesang, dieser glockenreine A-cappella-Gesang die Luft erfüllte, zog sein Herz sich in einem fast schmerzhaften Glück zusammen. Weihnachten ... Durch die Spalten der hohen, weißlackierten, noch fest geschlossenen Flügeltür drang der Tannenduft und erweckte mit seiner süßen Würze die Vorstellung der Wunder dort drinnen im Saale, die man jedes Jahr aufs neue mit pochenden Pulsen als eine unfaßbare, unirdische Pracht erharrte ... Was würde dort drinnen für ihn sein? Das, was er sich gewünscht hatte, natürlich, denn das bekam man ohne Frage, gesetzt, daß es einem nicht als eine Unmöglichkeit zuvor schon ausgeredet worden war. Das Theater würde ihm gleich in die Augen springen und ihm den Weg zu seinem Platz weisen müssen, das ersehnte Puppentheater, das dem Wunschzettel für Großmama stark unterstrichen zu Häupten gestanden hatte und das seit dem ›Fidelio‹ beinahe sein einziger Gedanke gewesen war.

Ja, als Entschädigung und Belohnung für einen Besuch bei Herrn Brecht hatte Hanno kürzlich zum ersten Male das Theater besucht, das Stadt-Theater, wo er im ersten Range an der Seite seiner Mutter atemlos den Klängen und Vorgängen des ›Fidelio‹ hatte folgen dürfen. Seitdem träumte er nichts als Opernszenen, und eine Leidenschaft für die Bühne erfüllte ihn, die ihn kaum schlafen ließ. Mit unaussprechlichem Neide betrachtete er auf der Straße die Leute, die, wie ja auch sein Onkel Christian, als Theater-Habitués bekannt waren, Konsul Döhlmann, Makler Gosch ... War das Glück ertragbar, wie sie fast jeden Abend dort anwesend sein dürfen? Könnte er nur einmal in der Woche vor Beginn der Aufführung einen Blick in den Saal tun, das Stimmen der Instrumente hören und ein wenig den geschlossenen Vorhang ansehen! Denn er liebte alles im Theater: den Gasgeruch, die Sitze, die Musiker, den Vorhang ...

Wird sein Puppentheater groß sein? Groß und breit? Wie wird der Vorhang aussehen? Man muß baldmöglichst ein kleines Loch hineinschneiden, denn auch im Vorhang des Stadt-Theaters war ein Guckloch ... Ob Großmama oder Mamsell Severin – denn Großmama konnte nicht alles besorgen – die nötigen Dekorationen zum ›Fidelio‹ gefunden hatte? Gleich morgen wird er sich irgendwo einschließen und ganz allein eine Vorstellung geben ... Und schon ließ er seine Figuren im Geiste singen; denn die Musik hatte sich ihm mit dem Theater sofort aufs engste verbunden ...

»Jauchze laut, Jerusalem!« schlossen die Chorknaben, und die Stimmen, die fugenartig nebeneinander hergegangen waren, fanden sich in der letzten Silbe friedlich und freudig zusammen. Der klare Akkord verhallte, und tiefe Stille legte sich über Säulenhalle und Landschaftszimmer. Die Mitglieder der Familie blickten unter dem Drucke der Pause vor sich nieder; nur Direktor Weinschenks Augen schweiften keck und unbefangen umher, und Frau Permaneder ließ ihr trocknes Räuspern vernehmen, das ununterdrückbar war. Die Konsulin aber schritt langsam zum Tische und setzte sich inmitten ihrer Angehörigen auf das Sofa, das nun nicht mehr wie in alter Zeit unabhängig und abgesondert vom Tische dastand. Sie rückte die Lampe zurecht und zog die große Bibel heran, deren altersbleiche Goldschnittfläche ungeheuerlich breit war. Dann schob sie die Brille auf die Nase, öffnete die beiden ledernen Spangen, mit denen das kolossale Buch geschlossen war, schlug dort auf, wo das Zeichen lag, daß das dicke, rauhe, gelbliche Papier mit dem übergroßen Druck zum Vorschein kam, nahm einen Schluck Zuckerwasser und begann, das Weihnachtskapitel zu lesen.

Sie las die altvertrauten Worte langsam und mit einfacher, zu Herzen gehender Betonung, mit einer Stimme, die sich klar, bewegt und heiter von der andächtigen Stille abhob. »Und den Menschen ein Wohlgefallen!« sagte sie. Kaum aber schwieg sie, so erklang in der Säulenhalle dreistimmig das »Stille Nacht, heilige Nacht«, in das die Familie im Landschaftszimmer einstimmte. Man ging ein wenig vorsichtig zu Werke dabei, denn die meisten der Anwesenden waren unmusikalisch, und hie und da vernahm man in dem Ensemble einen tiefen und ganz ungehörigen Ton ... Aber das beeinträchtigte nicht die Wirkung dieses Liedes ... Frau Permaneder sang es mit bebenden Lippen, denn am süßesten und schmerzlichsten rührt es an dessen Herz, der ein bewegtes Leben hinter sich hat und im kurzen Frieden der Feierstunde Rückblick hält ... Madame Kethelsen weinte still und bitterlich, obgleich sie von allem fast nichts vernahm.

Und dann erhob sich die Konsulin. Sie ergriff die Hand ihres Enkels Johann und die ihrer Urenkelin Elisabeth und schritt durch das Zimmer. Die alten Herrschaften schlossen sich an, die jüngeren folgten, in der Säulenhalle gesellten sich die Dienstboten und die Hausarmen hinzu, und während alles einmütig »O Tannenbaum« anstimmte und Onkel Christian vorn die Kinder zum Lachen brachte, indem er beim Marschieren die Beine hob wie ein Hampelmann und alberner Weise »O Tantebaum« sang, zog man mit geblendeten Augen und einem Lächeln auf dem Gesicht durch die weitgeöffnete hohe Flügeltür direkt in den Himmel hinein.

Der ganze Saal, erfüllt von dem Dufte angesengter Tannenzweige, leuchtete und glitzerte von unzähligen kleinen Flammen, und das Himmelblau der Tapete mit ihren weißen Götterstatuen ließ den großen Raum noch heller erscheinen. Die Flämmchen der Kerzen, die dort zwischen den dunkelrot verhängten Fenstern den gewaltigen Tannenbaum bedeckten, welcher, geschmückt mit Silberflittern und großen, weißen Lilien, einen schimmernden Engel an seiner Spitze und ein plastisches Krippen-Arrangement zu seinen Füßen, fast bis zur Decke emporragte, flimmerten in der allgemeinen Lichtflut wie ferne Sterne. Denn auf der weißgedeckten Tafel, die sich lang und breit, mit den Geschenken beladen, von den Fenstern fast bis zur Türe zog, setzte sich eine Reihe kleinerer, mit Konfekt behängter Bäume fort, die ebenfalls von brennenden Wachslichtchen erstrahlten. Und es brannten die Gasarme, die aus den Wänden hervorkamen, und es brannten die dicken Kerzen auf den vergoldeten Kandelabern in allen vier Winkeln. Große Gegenstände, Geschenke, die auf der Tafel nicht Platz hatten, standen nebeneinander auf dem Fußboden. Kleinere Tische, ebenfalls weiß gedeckt, mit Gaben belegt und mit brennenden Bäumchen geschmückt, befanden sich zu den Seiten der beiden Türen: Das waren die Bescherungen der Dienstboten und der Hausarmen.

Singend, geblendet und dem altvertrauten Raume ganz entfremdet umschritt man einmal den Saal, defilierte an der Krippe vorbei, in der ein wächsernes Jesuskind das Kreuzeszeichen zu machen schien, und blieb dann, nachdem man Blick für die einzelnen Gegenstände bekommen hatte, verstummend an seinem Platze stehen.

Hanno war vollständig verwirrt. Bald nach dem Eintritt hatten seine fieberhaft suchenden Augen das Theater erblickt ... ein Theater, das, wie es dort oben auf dem Tische prangte, von so extremer Größe und Breite erschien, wie er es sich vorzustellen niemals erkühnt hatte. Aber sein Platz hatte gewechselt, er befand sich an einer der vorjährigen entgegengesetzten Stelle, und dies bewirkte, daß Hanno in seiner Verblüffung ernstlich daran zweifelte, ob dies fabelhafte Theater für ihn bestimmt sei. Hinzu kam, daß zu den Füßen der Bühne, auf dem Boden, etwas Großes, Fremdes aufgestellt war, etwas, was nicht auf seinem Wunschzettel gestanden hatte, ein Möbel, ein kommodenartiger Gegenstand ... war er für ihn?

»Komm her, Kind, und sieh dir dies an«, sagte die Konsulin und öffnete den Deckel. »Ich weiß, du spielst gern Choräle ... Herr Pfühl wird dir die nötigen Anweisungen geben ... Man muß immer treten ... manchmal schwächer und manchmal stärker ... und dann die Hände nicht aufheben, sondern immer nur so peu à peu die Finger wechseln ...«

Es war ein Harmonium, ein kleines, hübsches Harmonium, braun poliert, mit Metallgriffen an beiden Seiten, bunten Tretbälgen und einem zierlichen Drehsessel. Hanno griff einen Akkord ... ein sanfter Orgelklang löste sich los und ließ die Umstehenden von ihren Geschenken aufblicken ... Hanno umarmte seine Großmutter, die ihn zärtlich an sich preßte und ihn dann verließ, um die Danksagungen der anderen entgegenzunehmen.

Er wandte sich dem Theater zu. Das Harmonium war ein überwältigender Traum, aber er hatte doch fürs erste noch keine Zeit, sich näher damit zu beschäftigen. Es war der Überfluß des Glückes, in dem man, undankbar gegen das einzelne, alles nur flüchtig berührt, um erst einmal das Ganze übersehen zu lernen ... Oh, ein Souffleurkasten war da, ein muschelförmiger Souffleurkasten, hinter dem breit und majestätisch in Rot und Gold der Vorhang emporrollte. Auf der Bühne war die Dekoration des letzten ›Fidelio‹-Aktes aufgestellt. Die armen Gefangenen falteten die Hände. Don Pizarro, mit gewaltig gepufften Ärmeln, verharrte irgendwo in fürchterlicher Attitüde. Und von hinten nahte im Geschwindschritt und ganz in schwarzem Sammet der Minister, um alles zum besten zu kehren. Es war wie im Stadt-Theater und beinahe noch schöner. In Hanno's Ohren widerhallte der Jubelchor, das Finale, und er setzte sich vor das Harmonium, um ein Stückchen daraus, das er behalten, zum Erklingen zu bringen ... Aber er stand wieder auf, um das Buch zur Hand zu nehmen, das erwünschte Buch der griechischen Mythologie, das ganz rot gebunden war und eine goldene Pallas Athene auf dem Deckel trug. Er aß von seinem Teller mit Konfekt, Marzipan und Braunen Kuchen, musterte die kleineren Dinge, die Schreibutensilien und Schulhefte, und vergaß einen Augenblick alles übrige über einem Federhalter, an dem sich irgendwo ein winziges Glaskörnchen befand, das man nur vors Auge zu halten brauchte, um wie durch Zauberspiel eine weite Schweizerlandschaft vor sich zu sehen ...

Jetzt gingen Mamsell Severin und das Folgmädchen mit Tee und Biskuits umher, und während Hanno eintauchte, fand er ein wenig Muße, von seinem Platze aufzusehen. Man stand an der Tafel oder ging daran hin und her, plauderte und lachte, indem man einander die Geschenke zeigte und die des anderen bewunderte. Es gab da Gegenstände aus allen Stoffen: aus Porzellan, aus Nickel, aus Silber, aus Gold, aus Holz, Seide und Tuch. Große, mit Mandeln und Sukkade symmetrisch besetzte Braune Kuchen lagen abwechselnd mit massiven Marzipanbroten, die innen naß waren vor Frische, in langer Reihe auf dem Tische. Diejenigen Geschenke, die Frau Permaneder angefertigt oder dekoriert hatte, ein Arbeitsbeutel, ein Untersatz für Blattpflanzen, ein Fußkissen, waren mit großen Atlasschleifen geziert.

Dann und wann besuchte man den kleinen Johann, legte den Arm um seinen Matrosenkragen und nahm seine Geschenke mit der ironisch übertriebenen Bewunderung in Augenschein, mit der man die Herrlichkeiten der Kinder zu bestaunen pflegt. Nur Onkel Christian wußte nichts von diesem Erwachsenen-Hochmut, und seine Freude an dem Puppentheater, als er, einen Brillantring am Finger, den er von seiner Mutter beschert bekommen hatte, an Hanno's Platz vorüberschlenderte, unterschied sich gar nicht von der seines Neffen.

»Donnerwetter, das ist drollig!« sagte er, indem er den Vorhang auf- und niederzog und einen Schritt zurücktrat, um das szenische Bild zu betrachten. »Hast du dir das gewünscht? – So, das hast du dir also gewünscht«, sagte er plötzlich, nachdem er eine Weile mit sonderbarem Ernst und voll unruhiger Gedanken seine Augen hatte wandern lassen. »Warum? Wie kommst du auf den Gedanken? Bist du schon mal im Theater gewesen? ... Im ›Fidelio‹? Ja, das wird gut gegeben ... Und nun willst du das nachmachen, wie? nachahmen, selbst Opern aufführen? ... Hat es solchen Eindruck auf dich gemacht? ... Hör mal, Kind, laß dir raten, hänge deine Gedanken nur nicht zu sehr an solche Sachen ... Theater ... und sowas ... Das taugt nichts, glaube deinem Onkel. Ich habe mich auch immer viel zu sehr für diese Dinge interessiert, und darum ist auch nicht viel aus mir geworden. Ich habe große Fehler begangen, mußt du wissen ...«

Er hielt das seinem Neffen ernst und eindringlich vor, während Hanno neugierig zu ihm aufsah. Dann jedoch, nach einer Pause, während welcher in Betrachtung des Theaters sein knochiges und verfallenes Gesicht sich aufhellte, ließ er plötzlich eine Figur sich auf der Bühne vorwärts bewegen und sang mit hohl krächzender und tremolierender Stimme: »Ha, welch gräßliches Verbrechen!« worauf er den Sessel des Harmoniums vor das Theater schob, sich setzte und eine Oper aufzuführen begann, indem er, singend und gestikulierend, abwechselnd die Bewegungen des Kapellmeisters und der agierenden

Person vollführte. Hinter seinem Rücken versammelten sich mehrere Familienmitglieder, lachten, schüttelten den Kopf und amüsierten sich. Hanno sah ihm mit aufrichtigem Vergnügen zu. Nach einer Weile aber, ganz überraschend, brach Christian ab. Er verstummte, ein unruhiger Ernst überflog sein Gesicht, er strich mit der Hand über seinen Schädel und an seiner linken Seite hinab und wandte sich dann mit krauser Nase und sorgenvoller Miene zum Publikum.

»Ja, seht ihr, nun ist es wieder aus«, sagte er; »nun kommt wieder die Strafe. Es rächt sich immer gleich, wenn ich mir mal einen Spaß erlaube. Es ist kein Scherz, wißt ihr, es ist eine Qual ... eine unbestimmte Qual, weil hier alle Nerven zu kurz sind. Sie sind ganz einfach alle zu kurz ...«

Aber die Verwandten nahmen diese Klagen ebensowenig ernst wie seine Späße und antworteten kaum. Sie zerstreuten sich gleichgültig, und so saß denn Christian noch eine Zeitlang stumm vor dem Theater, betrachtete es mit schnellem und gedankenvollem Blinzeln und erhob sich dann.

»Na, Kind, amüsiere dich damit«, sagte er, indem er über Hanno's Haar strich. »Aber nicht zuviel ... und vergiß deine ernsten Arbeiten nicht darüber, hörst du? Ich habe viele Fehler gemacht ... Jetzt will ich aber in den Klub ... Ich gehe ein bißchen in den Klub!« rief er den Erwachsenen zu. »Da feiern sie auch Weihnachten heut'. Auf Wiedersehn.« Und mit steifen, krummen Beinen ging er durch die Säulenhalle von dannen.

Alle hatten heute früher als sonst zu Mittag gegessen und sich daher mit Tee und Biskuits ausgiebig bedient. Aber man war kaum damit fertig, als große Kristallschüsseln mit einem gelben, körnigen Brei zum Imbiß herumgereicht wurden. Es war Mandel-Crème, ein Gemisch aus Eiern, geriebenen Mandeln und Rosenwasser, das ganz wundervoll schmeckte, das aber, nahm man ein Löffelchen zuviel, die furchtbarsten Magenbeschwerden verursachte. Dennoch, und obgleich die Konsulin bat, für das Abendbrot »ein kleines Loch offenzulassen«, tat man sich keinen Zwang an. Was Klothilde betraf, so vollführte sie Wunderdinge. Still und dankbar löffelte sie die Mandel-Crème, als wäre es Buchweizengrütze. Zur Erfrischung gab es auch Weingelee in Gläsern, wozu englischer Plumcake gegessen wurde. Nach und nach zog man sich ins Landschaftszimmer hinüber und gruppierte sich mit den Tellern um den Tisch.

Hanno blieb allein im Saale zurück, denn die kleine Elisabeth Weinschenk war nach Hause gebracht worden, während er dieses Jahr zum ersten Male zum Abendessen in der Mengstraße bleiben durfte, die Dienstmädchen und die Hausarmen hatten sich mit ihren Geschenken zurückgezogen, und Ida Jungmann plauderte in der Säulenhalle mit Riekchen Severin, obgleich sie, als Erzieherin, der Jungfer gegenüber gewöhnlich eine strenge gesellschaftliche Distanz innehielt. Die Lichter des großen Baumes waren herabgebrannt und ausgelöscht, so daß die Krippe nun im Dunkel lag; aber einzelne Kerzen an den kleinen Bäumen auf der Tafel brannten noch, und hie und da geriet ein Zweig in den Bereich eines Flämmchens, sengte knisternd an und verstärkte den Duft, der im Saale herrschte. Jeder Lufthauch, der die Bäume berührte, ließ die Stücke Flittergoldes, die daran befestigt waren, mit einem zart metallischen Geräusch erschauern. Es war nun wieder still genug, die leisen Drehorgelklänge zu vernehmen, die von einer fernen Straße durch den kalten Abend daherkamen.

Hanno genoß die weihnachtlichen Düfte und Laute mit Hingebung. Er las, den Kopf in die Hand gestützt, in seinem Mythologiebuch, aß mechanisch und weil es zur Sache gehörte, Konfekt, Marzipan, Mandel-Crème und Plumcake, und die ängstliche Beklommenheit, die ein überfüllter Magen verursacht, vermischte sich mit der süßen Erregung des Abends zu einer wehmütigen Glückseligkeit. Er las von den Kämpfen, die Zeus zu bestehen hatte, um zur Herrschaft zu gelangen, und horchte dann und wann einen Augenblick ins Wohnzimmer hinüber, wo man Tante Klothildens Zukunft eingehend besprach.

Klothilde war weitaus die Glücklichste von allen an diesem Abend und nahm die Gratulationen und Neckereien, die ihr von allen Seiten zuteil wurden, mit einem Lächeln entgegen, das ihr aschgraues Gesicht verklärte; ihre Stimme brach sich beim Sprechen vor freudiger Bewegung. – Sie war in das »Johanniskloster« aufgenommen worden. Der Senator hatte ihr die Aufnahme unterderhand im Verwaltungsrat erwirkt, obgleich gewisse Herren heimlich über Nepotismus gemurrt hatten. Man unterhielt sich über diese dankenswerte Institution, die den adeligen Damenklöstern in Mecklenburg, Dobbertin und Ribnitz entsprach und die würdige Altersversorgung mittelloser Mädchen aus verdienter und alteingesessener Familie bezweckte. Der armen Klothilde war nun zu einer kleinen, aber sicheren Rente verholfen, die sich mit den Jahren steigern würde, und, für ihr Alter, wenn sie in die höchste Klasse aufgerückt sein würde, sogar zu einer friedlichen und reinlichen Wohnung im Kloster selbst ...

Der kleine Johann verweilte ein wenig bei den Erwachsenen, aber er kehrte bald in den Saal zurück, der nun, da er weniger licht erstrahlte und mit seiner Herrlichkeit keine so verblüffte Scheu mehr hervorrief wie anfangs, einen Reiz von neuer Art ausübte. Es war ein ganz seltsames Vergnügen, wie auf einer halbdunklen Bühne nach Schluß der Vorstellung darin umherzustreifen und ein wenig hinter die Kulissen zu sehen: die Lilien des großen Tannenbaumes mit ihren goldnen Staubfäden aus der Nähe zu betrachten, die Tier- und Menschenfiguren des Krippenaufbaus in die Hand zu nehmen, die Kerze ausfindig zu machen, die den transparenten Stern über Bethlehems Stall hatte leuchten lassen, und das lang herabhängende Tafeltuch zu lüften, um der Menge von Kartons und Packpapieren gewahr zu werden, die unter dem Tisch aufgestapelt waren.

Auch gestaltete sich die Unterhaltung im Landschaftszimmer immer weniger anziehend. Mit unentrinnbarer Notwendigkeit war allmählich die eine, unheimliche Angelegenheit

Gegenstand des Gespräches geworden, über die man bislang dem festlichen Abend zu Ehren geschwiegen, die aber fast keinen Augenblick aufgehört hatte, alle Gemüter zu beschäftigen: Direktor Weinschenks Prozeß. Hugo Weinschenk selbst hielt Vortrag darüber, mit einer gewissen wilden Munterkeit in Miene und Bewegungen. Er berichtete über Einzelheiten der nun durch das Fest unterbrochenen Zeugenvernehmung, tadelte lebhaft die allzu bemerkbare Voreingenommenheit des Präsidenten Doktor Philander und kritisierte mit souveränem Spott den höhnischen Ton, den der Staatsanwalt Doktor Hagenström gegen ihn und die Entlastungszeugen anzuwenden für passend erachte. Übrigens habe Breslauer verschiedene belastende Aussagen sehr witzig entkräftet und ihm aufs bestimmteste versichert, daß an eine Verurteilung vorläufig gar nicht zu denken sei. – Der Senator warf hie und da aus Höflichkeit eine Frage ein, und Frau Permaneder, die mit emporgezogenen Schultern auf dem Sofa saß, murmelte manchmal einen furchtbaren Fluch gegen Moritz Hagenström. Die übrigen aber schwiegen. Sie schwiegen so tief, daß auch der Direktor allmählich verstummte; und während drüben im Saale dem kleinen Hanno die Zeit schnell wie im Himmelreiche verging, lagerte im Landschaftszimmer eine schwere, beklommene, ängstliche Stille, die noch fortherrschte, als um halb neun Uhr Christian aus dem Klub von der Weihnachtsfeier der Junggesellen und Suitiers zurückkehrte.

Ein erkalteter Zigarrenstummel stak zwischen seinen Lippen, und seine hageren Wangen waren gerötet. Er kam durch den Saal und sagte, als er ins Landschaftszimmer trat:

»Kinder, der Saal ist doch wunderhübsch! Weinschenk, wir hätten heute eigentlich Breslauer mitbringen sollen; so was hat er sicher noch gar nicht gesehen.«

Ein stiller, strafender Seitenblick traf ihn aus den Augen der Konsulin. Er erwiderte ihn mit unbefangener und verständnislos fragender Miene. – Um neun Uhr ging man zu Tische.

Wie alljährlich an diesem Abend war in der Säulenhalle gedeckt worden. Die Konsulin sprach mit herzlichem Ausdruck das hergebrachte Tischgebet:

»Komm, Herr Jesus, sei unser Gast und segne, was du uns bescheret hast«, woran sie, wie an diesem Abend ebenfalls üblich, eine kleine, mahnende Ansprache schloß, die hauptsächlich aufforderte, aller derer zu gedenken, die es an diesem Heiligen Abend nicht so gut hätten wie die Familie Buddenbrook ... Und als dies erledigt war, setzte man sich mit gutem Gewissen zu einer nachhaltigen Mahlzeit nieder, die alsbald mit Karpfen in aufgelöster Butter und mit altem Rheinwein ihren Anfang nahm.

Der Senator schob ein paar Schuppen des Fisches in sein Portemonnaie, damit während des ganzen Jahres das Geld nicht darin ausgehe; Christian aber bemerkte trübe, das helfe ja doch nichts, und Konsul Kröger entschlug sich solcher Vorsichtsmaßregeln, da er ja keine Kursschwankungen mehr zu fürchten habe und mit seinen anderthalb Schillingen längst im Hafen sei. Der alte Herr saß möglichst weit entfernt von seiner Frau, mit der er seit Jahr und Tag beinahe kein Wort mehr sprach, weil sie nicht aufhörte, dem enterbten Jakob, der in London, Paris oder Amerika – nur sie wußte das bestimmt – sein entwurzeltes Abenteurerleben führte, heimlich Geld zufließen zu lassen. Er runzelte finster die Stirn, als beim zweiten Gange sich das Gespräch den abwesenden Familienmitgliedern zuwandte und als er sah, wie die schwache Mutter sich die Augen trocknete. Man erwähnte die in Frankfurt und die in Hamburg, man gedachte auch ohne Übelwollen des Pastors Tiburtius in Riga, und der Senator stieß in aller Stille mit seiner Schwester Tony auf die Gesundheit der Herren Grünlich und Permaneder an, die in gewissem Sinne doch auch dazugehörten ...

Der Puter, gefüllt mit einem Brei von Maronen, Rosinen und Äpfeln, fand das allgemeine Lob. Vergleiche mit denen früherer Jahre wurden angestellt, und es ergab sich, daß dieser seit langer Zeit der größte war. Es gab gebratene Kartoffeln, zweierlei Gemüse und zweierlei Kompott dazu, und die kreisenden

Schüsseln enthielten Portionen, als ob es sich bei jeder einzelnen von ihnen nicht um eine Beigabe und Zutat, sondern um das Hauptgericht handelte, an dem alle sich sättigen sollten. Es wurde alter Rotwein von der Firma Möllendorpf getrunken.

Der kleine Johann saß zwischen seinen Eltern und verstaute mit Mühe ein weißes Stück Brustfleisch nebst Farce in seinem Magen. Er konnte nicht mehr soviel essen wie Tante Thilda, sondern fühlte sich müde und nicht sehr wohl; er war nur stolz darauf, daß er mit den Erwachsenen tafeln durfte, daß auch auf *seiner* kunstvoll gefalteten Serviette eins von diesen köstlichen, mit Mohn bestreuten Milchbrötchen gelegen hatte, daß auch vor ihm drei Weingläser standen, während er sonst aus dem kleinen, goldenen Becher, dem Patengeschenk Onkel Krögers, zu trinken pflegte ... Aber als dann, während Onkel Justus einen ölgelben, griechischen Wein in die kleinsten Gläser zu schenken begann, die Eisbaisers erschienen – rote, weiße und braune –, wurde auch sein Appetit wieder rege. Er verzehrte, obgleich es ihm fast unerträglich weh an den Zähnen tat, ein rotes, dann die Hälfte eines weißen, mußte schließlich doch auch von den braunen, mit Schokolade-Eis gefüllten, ein Stück probieren, knusperte Waffeln dazu, nippte an dem süßen Wein und hörte auf Onkel Christian, der ins Reden gekommen war.

Er erzählte von der Weihnachtsfeier im Klub, die sehr fidel gewesen sei. »Du lieber Gott!« sagte er in jenem Tone, in dem er von Johnny Thunderstorm zu sprechen pflegte. »Die Kerls tranken Schwedischen Punsch wie Wasser!«

»Pfui«, bemerkte die Konsulin kurz und schlug die Augen nieder.

Aber er beachtete das nicht. Seine Augen begannen zu wandern, und Gedanken und Erinnerungen waren so lebendig in ihm, daß sie wie Schatten über sein hageres Gesicht huschten.

»Weiß jemand von euch«, fragte er, »wie es ist, wenn man zuviel Schwedischen Punsch getrunken hat? Ich meine nicht die Betrunkenheit, sondern das, was am nächsten Tag kommt, die Folgen … sie sind sonderbar und widerlich … ja, sonderbar und widerlich zu gleicher Zeit.«

»Grund genug, sie genau zu beschreiben«, sagte der Senator.

»Assez, Christian, dies interessiert uns durchaus nicht«, sagte die Konsulin.

Aber er überhörte es. Es war seine Eigentümlichkeit, daß in solchen Augenblicken keine Einrede zu ihm drang. Er schwieg eine Weile, und dann plötzlich schien das, was ihn bewegte, zur Mitteilung reif zu sein.

»Du gehst umher und fühlst dich übel«, sagte er und wandte sich mit krauser Nase an seinen Bruder. »Kopfschmerzen und unordentliche Eingeweide … nun ja, das gibt es auch bei anderen Gelegenheiten. Aber du fühlst dich *schmutzig«* – und Christian rieb mit gänzlich verzerrtem Gesicht seine Hände –, »du fühlst dich schmutzig und ungewaschen am ganzen Körper. Du wäschst deine Hände, aber es nützt nichts, sie fühlen sich feucht und unsauber an, und deine Nägel haben etwas Fettiges … Du badest dich, aber es hilft nichts, dein ganzer Körper scheint dir klebrig und unrein. Dein ganzer Körper ärgert dich, reizt dich, du bist dir selbst zum Ekel … Kennst du es, Thomas, kennst du es?«

»Ja, ja!« sagte der Senator mit abwehrender Handbewegung. Aber mit der seltsamen Taktlosigkeit, die mit den Jahren immer mehr an Christian hervortrat und ihn nicht daran denken ließ, daß diese Auseinandersetzung von der ganzen Tafelrunde peinlich empfunden wurde, daß sie in dieser Umgebung und an diesem Abend nicht am Platze war, fuhr er fort, den üblen Zustand nach übermäßigem Genuß von Schwedischem Punsch zu schildern, bis er glaubte, ihn erschöpfend charakterisiert zu haben, und allmählich verstummte.

Bevor man zu Butter und Käse überging, ergriff die Konsulin noch einmal das Wort zu einer kleinen Ansprache an die Ihrigen. Wenn auch nicht alles, sagte sie, im Laufe der Jahre sich so gestaltet habe, wie man es kurzsichtig und unweise erwünscht habe, so bleibe doch immer noch übergenug des sichtbarlichen Segens übrig, um die Herzen mit Dank zu erfüllen. Gerade der Wechsel von Glück und strenger Heimsuchung zeige, daß Gott seine Hand niemals von der Familie gezogen, sondern daß er ihre Geschicke nach tiefen und weisen Absichten gelenkt habe und lenke, die ungeduldig ergründen zu wollen man sich nicht erkühnen dürfe. Und nun wolle man, mit hoffendem Herzen, einträchtig anstoßen auf das Wohl der Familie, auf ihre Zukunft, jene Zukunft, die dasein werde, wenn die Alten und Älteren unter den Anwesenden längst in kühler Erde ruhen würden ... auf die Kinder, denen das heutige Fest ja recht eigentlich gehöre ...

Und da Direktor Weinschenks Töchterchen nicht mehr anwesend war, mußte der kleine Johann, während die Großen auch untereinander sich zutranken, allein einen Umzug um die Tafel halten, um mit allen, von der Großmutter bis zu Mamsell Severin hinab, anzustoßen. Als er zu seinem Vater kam, hob der Senator, indem er sein Glas dem des Kindes näherte, sanft Hanno's Kinn empor, um ihm in die Augen zu sehen ... Er fand nicht seinen Blick; denn Hanno's lange, goldbraune Wimpern hatten sich tief, tief, bis auf die zart bläuliche Umschattung seiner Augen gesenkt.

Therese Weichbrodt aber ergriff seinen Kopf mit beiden Händen, küßte ihn mit leise knallendem Geräusch auf jede Wange und sagte mit einer Betonung, so herzlich, daß Gott ihr nicht widerstehen konnte:

»Sei glöcklich, du gutes Kend!«

– Eine Stunde später lag Hanno in seinem Bett, das jetzt in dem Vorzimmer stand, welches man vom Korridor der zweiten Etage aus betrat, und an das zur Linken das Ankleidekabinett des Senators stieß. Er lag auf dem Rücken, aus Rücksicht auf seinen Magen, der sich mit all dem, was er im Laufe des Abends hatte in Empfang nehmen müssen, noch keineswegs ausgesöhnt hatte, und sah mit erregten Augen der guten Ida entgegen, die, schon in der Nachtjacke, aus ihrem Zimmer kam und mit einem Wasserglase vor sich in der Luft umrührende

Kreisbewegungen beschrieb. Er trank das kohlensaure Natron rasch aus, schnitt eine Grimasse und ließ sich wieder zurückfallen.

»Ich glaube, nun muß ich mich erst recht übergeben, Ida.«

»Ach wo, Hannochen. Nur still auf dem Rücken liegen ... Aber siehst du wohl? Wer hat dir mehrmals zugewinkt? Und wer nicht folgen wollt', war das Jungchen ...«

»Ja, ja, vielleicht geht es auch gut ... Wann kommen die Sachen, Ida?«

»Morgen früh, mein Jungchen.«

»Daß sie hier hereingesetzt werden! Daß ich sie gleich habe!«

»Schon gut, Hannochen, aber erst mal ausschlafen.« Und sie küßte ihn, löschte das Licht und ging. Er war allein, und während er still liegend sich der segenvollen Wirkung des Natrons überließ, entzündete sich vor seinen geschlossenen Augen der Glanz des Bescherungssaales aufs neue. Er sah sein Theater, sein Harmonium, sein Mythologie-Buch und hörte irgendwo in der Ferne das »Jauchze laut, Jerusalem« der Chorknaben. Alles flimmerte. Ein mattes Fieber summte in seinem Kopfe, und sein Herz, das von dem revoltierenden Magen ein wenig beengt und beängstigt wurde, schlug langsam, stark und unregelmäßig. In einem Zustand von Unwohlsein, Erregtheit, Beklommenheit, Müdigkeit und Glück lag er lange und konnte nicht schlafen.

Morgen kam der dritte Weihnachtsabend an die Reihe, die Bescherung bei Therese Weichbrodt, und er freute sich darauf als auf ein kleines burleskes Spiel. Therese Weichbrodt hatte im vorigen Jahre ihr Pensionat gänzlich aufgegeben, so daß nun Madame Kethelsen das Stockwerk und sie selbst das Erdgeschoß des kleinen Hauses am Mühlenbrink allein bewohnte. Die Beschwerden nämlich, die ihr mißglückter und gebrechlicher kleiner Körper ihr verursachte, hatten mit den Jahren zugenommen, und in aller Sanftmut und christlichen Bereitwilligkeit nahm Sesemi Weichbrodt an, daß ihre Abberufung nahe bevorstehe. Daher hielt sie auch seit mehreren Jahren schon jedes Weihnachtsfest für ihr letztes und suchte der Feier, die sie in ihren kleinen, fürchterlich überheizten Stuben veranstaltete, so viel Glanz zu verleihen, wie in ihren schwachen Kräften stand. Da sie nicht viel zu kaufen vermochte, so verschenkte sie jedes Jahr einen neuen Teil ihrer bescheidenen Habseligkeiten und baute unter dem Baume auf, was sie nur entbehren konnte: Nippsachen, Briefbeschwerer, Nadelkissen, Glasvasen und Bruchstücke ihrer Bibliothek, alte Bücher in drolligen Formaten und Einbänden, das ›Geheime Tagebuch von einem Beobachter Seiner Selbst‹, Hebels ›Alemannische Gedichte‹, Krummachers ›Parabeln‹ … Hanno besaß schon von ihr eine Ausgabe der ›Pensées de Blaise Pascal‹, die so winzig war, daß man nicht ohne Vergrößerungsglas darin lesen konnte.

»Bischof« gab es in unüberwindlichen Mengen, und die mit Ingwer bereiteten Braunen Kuchen Sesemi's waren ungeheuer schmackhaft. Niemals aber, dank der bebenden Hingabe, mit der Fräulein Weichbrodt jedesmal ihr letztes Weihnachtsfest beging, – niemals verfloß dieser Abend, ohne daß eine Überraschung, ein Malheur, irgendeine kleine Katastrophe sich ereignet hätte, die die Gäste zum Lachen brachte und die stumme Leidenschaftlichkeit der Wirtin noch erhöhte. Eine Kanne mit »Bischof« stürzte und überschwemmte alles mit der roten, süßen, würzigen Flüssigkeit … Oder es fiel der geputzte Baum von seinen hölzernen Füßen, genau in dem Augenblick, wenn man feierlich das Bescherungszimmer betrat … Im Einschlafen sah Hanno den Unglücksfall des vorigen Jahres vor Augen: Es war unmittelbar vor der Bescherung. Therese Weichbrodt hatte mit soviel Nachdruck, daß alle Vokale ihre Plätze gewechselt hatten, das Weihnachtskapitel verlesen und trat nun von ihren Gästen zurück zur Tür, um von hier aus eine kleine Ansprache zu halten. Sie stand auf der Schwelle, bucklig, winzig, die alten Hände vor ihrer Kinderbrust zusammengelegt; die grünseidnen Bänder ihrer Haube fielen auf ihre zerbrechlichen Schultern, und zu ihren Häupten, über der Tür, ließ ein mit Tannenzweigen umkränztes Transparent die Worte leuchten »Ehre sei

Gott in der Höhe!« Und Sesemi sprach von Gottes Güte, sie erwähnte, daß dies ihr letztes Weihnachtsfest sei, und schloß damit, daß sie alle mit des Apostels Worten zur Fröhlichkeit aufforderte, wobei sie von oben bis unten erzitterte, so sehr nahm ihr ganzer kleiner Körper Anteil an dieser Mahnung. »Freuet euch!« sagte sie, indem sie den Kopf auf die Seite legte und ihn heftig schüttelte. »Und abermal sage ich: Freuet euch!« In diesem Augenblick aber ging über ihr mit einem puffenden, fauchenden und knisternden Geräusch das ganze Transparent in Flammen auf, so daß Mademoiselle Weichbrodt mit einem kleinen Schreckenslaut und einem Sprunge von ungeahnter und pittoresker Behendigkeit sich dem Funkenregen entziehen mußte, der auf sie herniederging …

Hanno erinnerte sich dieses Sprunges, den das alte Mädchen vollführt hatte, und während mehrerer Minuten lachte er ganz ergriffen, irritiert und nervös belustigt, leise und unterdrückt in sein Kissen hinein.

EDUARD VON KEYSERLING

Die Winternacht

Es war viel Schnee gefallen, im Padurenschen Hof und Park mußte der Schneeschlitten Wege einfahren, den ganzen Tag über hingen hellgraue Wolken am Himmel, und durch die windstille Luft fielen die Schneeflocken ruhig und stetig nieder. Aber gegen Abend erhob sich stets ein Nordostwind, der die Wolken für eine Weile fortfegte, als wollte er Platz schaffen für den Sonnenuntergang, der mit viel Purpur und Gold am Himmel aufflammte. Dieser Augenblick erschien Fastrade als das einzige Ereignis der kurzen Tage, die sonst grau und formlos wie die Schneewolken waren. Sie eilte dann in den Park hinunter und ging die schmalen Wege zwischen den Schneewällen auf und ab. Hier konnte sie sich wieder auf etwas freuen, von dem sie nicht wußte, was es war, hier konnte sie etwas erwarten, das sie nicht kannte, hier fühlte sie ihren Körper und ihr Blut wie eine Wohltat. Woran sollte sie denken? Gleichviel, nur recht weit fort denken von der stillen Zimmerflucht da drinnen im Hause, und so dachte sie denn an Egloff. Wie ruhelos er war! Der Kutscher Mahling hatte erzählt, der Sirowsche Herr fahre die Nächte hindurch hier in der Gegend herum. Ob er leidet? Ob seine Geheimisse ihn quälen? Sie waren alle gegen ihn, aber ihm schien das gleichgültig zu sein. Wenn man zu zweien auf der einen Seite steht und die anderen stehen alle auf der anderen Seite, das kann sogar lustig sein. Eine kluge Frauenhand könnte in diesem armen, zerfahrenen Leben vielleicht Ordnung schaffen, jedenfalls war er mit seiner Unruhe, seinen Geheimnissen, seinen Sorgen und seiner Heiterkeit das Leben, und was waren die anderen hier?

Vom Walde herüber erklang plötzlich ein Jagdhorn, schmetterte keck und triumphierend in den Winterabend hinein. Fastrade blieb am Gartengitter stehen und horchte. Das war

Egloff, der für heute die Jagd schloß und diesen hellen Ruf des Lebens zu ihr herübersandte. Fastrade stand am Gitter, bis das Jagdhorn verstummte und bis das Abendrot verblaßt war, dann ging sie wieder in das Haus, um im Zimmer ihres Vaters Ruhkes Bericht anzuhören, die Memoiren des Herzogs von St. Simon zu lesen oder mit der Baronesse am Kamin zu sitzen.

In diesen Wintertagen pflegte die Baronesse Arabella einen besonders lebhaften Umgang mit ihren Erinnerungen. Sobald sie und Fastrade beisammen am Kamin saßen, begann sie zu erzählen mit leise klagender Stimme, erzählte von ihrer Jugend, von längst vergangenen Padurenschen Sommern, von längst gestorbenen Menschen, und Fastrade hörte dem zu, sah diese Menschen und diese Sommer, wie wir alte Bilder sehen, über deren Farben sich ein leichter Staubschleier legt. Ein unendliches Gefühl der Vergänglichkeit, des Vorüber klang aus dieser Erzählung und machte Fastrade traurig. Zuweilen sprach die Baronesse auch von dem kommenden Feste, sprach von Gebäcken und Geschenken mit derselben klagenden Stimme, wie sie von ihrer Jugend sprach. Feste, dachte Fastrade, können wir hier auch Feste feiern?

Aber das Fest kam, ein Tannenbaum mit Lichtern stand auf dem Tisch, der Baron ließ sich seinen schwarzen Rock anziehen und saß im Saal erwartungsvoll auf seinem Sessel. Knechte und Mägde sangen mit ihren schweren, lauten Stimmen langsam und feierlich einen Choral. Und als sie fort waren, saß man beisammen und sah zu, wie die Lichter am Baume niederbrannten. Die Baronesse weinte still, der Baron hatte die Hände gefaltet und starrte vor sich hin. Fastrade ging zu ihm und kniete an seinem Stuhle nieder. Sie wußte nicht, was in dem schweigenden, alten Manne vorging, aber wenn ein Leiden ihn quälte, wollte sie nahe bei ihm knien, als könne sie ihm beistehen.

Als alles vorüber war und Fastrade in ihrem Zimmer stand, fühlte sie sich so wund und hilflos vor Mitleid und Wehmut, daß sie sich sagte: Wenn ich zu Bette gehe, bleibt mir nichts übrig, als den Kopf in die Kissen zu drücken und zu weinen. Das will ich nicht. Dagegen aber gibt es nur ein Mittel, die Winternacht. Sie nahm ihre Pelzjacke und ihre Otterfellmütze und ging leise in den Park hinaus. Hier hingen die weißen Baumwipfel voll großer, sehr heller Sterne, hier war es wunderbar geheimnisvoll, hier in der klaren Luft, über der knisternden Schneedecke lag es wie ein festliches Erwarten, man stand still und geschmückt da, und die Freuden konnten kommen. Es machte Fastrade auch wieder getrost, ihre Schmerzen und ihre Wehmut waren doch nur kleine abseits liegende dunkele Winkel, das eigentliche Leben war dieses große Flimmern, diese Weite, dieses geheimnisvolle Versprechen und Erwarten. Sie blieb am Gartengitter stehen und schaute auf das Land, auf die weiße Fläche, die im unsicheren Sternenschein zu einem hellen Nebel zerrann, in den hie und da die Lichtpünktchen ferner Häuser gestreut waren.

Auf der Landstraße, die am Parkgitter vorüberführte, kam Schellengeklingel heran, ein Pferd erschien und ein Schlitten groß und schwarz im unsicheren, weißen Lichte. Jemand sprang aus dem Schlitten und kam auf das Gitter zu. »Ich dachte es mir gleich, daß Sie es sind, die hier steht«, sagte Egloff und lachte. »Ja, ich bin noch ein wenig herausgekommen«, erwiderte Fastrade. – »Das will ich glauben«, meinte Egloff. »Ich bin auch fortgefahren, um dem Sirowschen Weihnachten zu entgehen.«

»Sie fahren öfters in der Nacht herum, höre ich«, fragte Fastrade. Sie wunderte sich nicht über diese Unterhaltung am Gartengitter, sie erschien ihr selbstverständlich, als stünden sie beide in dem Sirowschen Wohnzimmer, nur daß es hier im Sternenschein unterhaltender und kameradschaftlicher war.

»So? Haben Sie das gehört?« fragte Egloff, »Ja, ich habe mir die Ebene hier als eine Art Schlafsaal eingerichtet. Das ist sehr zuträglich. Überhaupt bin ich der Meinung, daß unsere Entwicklung einen verkehrten Weg eingeschlagen hat. Wir sind eigentlich Nachttiere wie all das andere Raubzeug. Am Tag schläft man im Bau, und wenn es dann draußen still und dunkel wird, dann kriecht man heraus, treibt sich herum, schleicht um die schlafenden Wohnungen und Hühnerställe und lebt dann so sein eigentliches Leben.«

»Meinen Sie?« sagte Fastrade. »Ja, das muß zuweilen hübsch sein.«

»Sie sollten auf solch einer Fahrt mitkommen«, schlug Egloff vor.

Fastrade lachte: »Das wäre doch wohl gegen unsere Gesetze hier.«

»Glauben Sie an diese Gesetze?« fragte Egloff.

Fastrade zuckte die Achseln: »Ich glaube nicht an sie, aber ich gehorche ihnen.«

»Da haben Sie unrecht«, meinte Egloff, »Sie können sich nicht denken, wir befreundet man sich fühlt, wenn man so zu zweien über die Straßen jagt.«

»Doch, ich kann es mir denken«, versetzte Fastrade nachdenklich. Sie hatte ihren Handschuh abgestreift und kühlte ihre Hand in dem Schneestreifen, der sich an das Gitter angesetzt hatte. »Also für diese Freundschaft bin ich zu feige.«

»Feige sind Sie nicht«, versicherte Egloff mit Überzeugung. »Sie haben nur noch den Aberglauben an diese kleinen, triefäugigen Gesetzesaugen, die von den Schlössern in die Nacht hineinsehen. Das da drüben ist Barnewitz. Wie lächerlich doch solch ein Licht neben den Sternen aussieht. Na, gleichviel, wenn die Freundschaft so nicht zustande kommt, muß es anders gemacht werden. Mein Brauner wird höllisch unruhig, gute Nacht.«

Sie reichten sich durch das Gitter hindurch die Hand, Egloff ging zu seinem Schlitten, und Fastrade lief den Weg dem Hause zu. Sie glaubte, sie würde jetzt schlafen können, ohne weinen zu müssen.

Weihnachtsfeier im Pensionat Yalta

Es war der Abend des 24., und in der Yalta stand die Weihnachtsfeier bevor. Seit Wochen sprach man von nichts anderem. Die Vorbereitungen wurden geheim betrieben, es war, wie mir Trudi sagte, das größte Ereignis des Jahres. Sie, die Heuchelei mit solcher Vehemenz bekämpfte, versprach mir, daß es wunderschön sein würde. Zu Hause hatten wir zwar immer Geschenke ausgetauscht, aber das war auch alles. Die Mutter war nicht gläubig und machte zwischen den Religionen keinen Unterschied. Eine Aufführung von ›Nathan der Weise‹ im Burgtheater hatte ihre Haltung in diesen Dingen für immer bestimmt. Aber ihre Erinnerung an die Bräuche zu Hause, vielleicht auch ihre natürliche Würde, hinderten sie daran, das Weihnachtsfest als Ganzes zu übernehmen. So blieb es bei dem etwas kümmerlichen Kompromiß der Geschenke.

In der Yalta war jetzt alles geschmückt, die Halle, in der wir uns meist aufhielten, sonst etwas kahl und nüchtern, leuchtete in warmen Farben und duftete nach Tannenreisern. In einem viel kleineren Raum, dem ›Empfangszimmer‹ gleich dahinter, begann die Feier. Da stand das Klavier, das bei Hauskonzerten Dienst tat. Darüber hing an der Wand ein Bild, das mir wegen der kleinen Proportionen des Raumes immer riesig vorkam: der ›Heilige Hain‹ von Böcklin. Ich hatte es anfangs für ein Original gehalten und mit Scheu betrachtet, als das erste ›wirkliche‹ Bild in einem Privathaus, auf das ich aufmerksam wurde. Aber dann offenbarte mir Fräulein Mina eines Tages, daß es von ihr sei, eine eigenhändige Kopie. Es stammte aus ihrer frühen Zeit, als sie sich noch nicht ausschließlich ihren Blumenkindern widmete; und es war so getreu, daß alle Besucher des Hauses, die nicht darüber aufgeklärt wurden, es für ein Original hielten. Da saß Fräulein Mina nun vor ihrem Werk und begleitete uns zu den Weihnachtsliedern. Sie war gewiß nicht die beste Klavierspielerin, über die das Haus verfügte, aber das Gefühl, das sie für die Lieder aufbrachte, war ansteckend. Wir standen alle dicht nebeneinandergedrängt im Raum, es war nicht viel Platz, und sangen aus Leibeskräften. Nach ›Stille Nacht, heilige Nacht‹ und ›O du fröhliche, o du selige ...‹ durfte jeder noch ein Lied vorschlagen, das ihm passend schien und das er gern hatte. Es dauerte ziemlich lange, bis alle Liederwünsche erfüllt waren, und mir gefiel besonders, daß es lange dauerte und niemand sich beeilte. Es war keinem anzumerken, daß Geschenke warteten, eigene und auch die Überraschungen, die man sich für die anderen ausgedacht hatte. Doch dann formierte sich die Prozession in den hintersten Raum des Hauses, im Gänsemarsch, nun schon etwas eiliger, der Kleinste, ein Wiener Ferienknabe, ging voran, ich, in jenen Wochen der Zweitjüngste, gleich danach, so dem Alter nach bis zum letzten. Dann stand man endlich vor dem großen Tisch, jedes Geschenk war hübsch eingepackt, und als Draufgabe bekamen alle ein paar Spottverse von mir, es gab keine Gelegenheit zum Reimen, die ich versäumte. Da fand ich die Statuette eines Tuareg, hoch auf einem Kamel, in kühner Bewegung, und darunter die Worte »Dem Afrikareisenden«, samt Namen. Auch die Bücher kamen meiner Vorstellung von einer besseren Zukunft entgegen: Nansens ›Eskimoleben‹, ›Alt-Zürich‹ mit Ansichten aus früher Zeit, ›Sisto e Sesto‹, Reiseskizzen aus Umbrien. So wat vieles vereinigt, was mich zu dieser Zeit lockte und beschäftigte, und der Onkel, der nichts von alledem ahnte, dessen eisige, häßliche Sätze ich noch während der Weihnachtslieder hörte, war endlich gebannt und verstummte.

Nach dem Festessen wurde noch bis spät in die Nacht musiziert. Eine frühere Pensionärin, eine Sängerin, war da zu Gast, Herr Gamper, Cellist am städtischen Orchester, der mit seiner Frau in einem kleinen Nebengebäude wohnte, spielte, als Begleiterinnen taten sich unsere Pianistinnen, Trudi und eine Holländerin, hervor. Es war so schön, daß ich von Rache träumte. Ich fesselte den Onkel auf einen Stuhl und zwang ihn dabeizusitzen. Musik hatte er schon in Manchester nicht ertragen. Er hielt nicht lange still und versuchte aufzuspringen. Aber ich hatte ihn so gut auf den Stuhl gebunden, daß er nicht fortkonnte. Schließlich vergaß er, daß er ein Gentleman war, und hopste mitsamt dem Stuhl auf seinem Rücken zum Haus hinaus, ein lächerlicher Anblick – vor allen Mädchen, Herrn Gamper und den Damen. Ich wünschte mir, die Mutter hätte ihn so gesehen, und nahm mir vor, ihr morgen alles zu schreiben.

O. HENRY

Das Weihnachtsgeschenk

Ihr ganzes Vermögen war ein Dollar 87 Cent, davon 60 Cent in Pennystücken. Alles mühsam zusammengekratzt und gespart. Und morgen war Weihnachten. Nichts blieb übrig, als sich auf die kleine, schäbige Couch zu werfen und zu heulen. Das tat Della denn auch, und es beweist uns, daß sich das Leben eigentlich aus Schluchzen, Seufzen und Lächeln zusammensetzt, wobei das Seufzen unbedingt vorherrscht. Inzwischen betrachten wir das Heim etwas näher. Es ist eine kleine möblierte Wohnung zu acht Dollar in der Woche. Sie sieht nicht gerade armselig aus, ist davon aber auch nicht allzu weit entfernt. Unten im Hausflur hängt ein Briefkasten, in den niemals Briefe geworfen werden; daneben steckt der Knopf einer elektrischen Klingel, der kaum jemand je einen Ton abschmeichelt. Weiter befindet sich dort auch eine Karte, die den Namen »Mr. James Dillingham Young« trägt. Dieses »Dillingham« war während einer Zeit vorübergehenden Wohlstandes ins Leben gerufen worden, als sein Besitzer dreißig Dollar in der Woche verdiente. Jetzt, da das Einkommen auf zwanzig Dollar zusammengeschrumpft ist, muten die Buchstaben von »Dillingham« etwas verschwommen an, als ob sie ernstlich beabsichtigten, sich zu einem bescheidenen anspruchslosen »D« zusammenzuziehen. Wenn aber Mr. J. D. Y. jeweils seine Etage erreichte, so wurde er »Jim« gerufen und von Frau J. D. Y., uns bereits als Della bekannt, zärtlich umarmt, womit das Buchstabenproblem unwichtig wurde. Somit ist alles in bester Ordnung.

Della hörte zu weinen auf und tröstete ihre Wangen mit der Puderquaste. Sie stand am Fenster und schaute bedrückt einer grauen Katze zu, die im grauen Hinterhof über einen grauen Zaun balancierte. Morgen war Weihnachten, und sie hatte nur das wenige Geld, um Jim ein Geschenk zu kaufen.

Im Zimmer hing zwischen den Fenstern ein Spiegel. Wie hingewirbelt stand Della plötzlich mit hell leuchtenden Augen vor ihm. Rasch löste sie ihr Haar und ließ es in seiner ganzen Länge fallen. Im Besitze der J. D. Y.'s gab es zwei Dinge, in die sie ihren ganzen Stolz setzten. Das eine war Jims goldene Uhr, die vor ihm seinem Vater und seinem Großvater gehört hatte. Das andere war Dellas Haar. Hätte in der Wohnung jenseits des Hofes die Königin von Saba gewohnt, Della hätte ihr Haar zum Trocknen aus dem Fenster gehängt, einzig und allein, um die Juwelen und Schmuckstücke Ihrer Majestät wertlos erscheinen zu lassen. Und wäre König Salomon mit all seinen aufgestapelten Schätzen selbst Concierge des Hauses gewesen, Jim hätte jedesmal beim Vorbeigehen seine Uhr gezückt, um zu sehen, wie König Salomon sich vor Neid den Bart ausrupfte.

So fiel Dellas Haar wie ein goldner Wasserfall glänzend und sich kräuselnd an ihr herab. Es reichte ihr bis unter die Knie und formte beinahe einen Mantel. Mit nervösen Fingern steckte sie es rasch wieder auf. Einmal zögerte sie einen Augenblick. Zwei Tränen fielen auf den abgetretenen roten Teppich. Sie schlüpfte in die alte braune Jacke, setzte den alten braunen Hut auf und huschte, immer noch das glänzende Leuchten in den Augen, zur Tür hinaus, die Treppen hinunter und durch die Straße. Sie stand erst still, als sie bei einem Schild anlangte, auf dem zu lesen war: »Mme. Sofronie, An- und Verkauf von Haar aller Art.« In einem Satz rannte Della ein Stockwerk hinauf; keuchend hielt sie an und faßte sich. Madame, groß, massig, zu weiß gepudert, sehr kühl, sah kaum aus, als wäre sie »Sofronie«. »Kaufen Sie mein Haar?« fragte Della.

»Ich kaufe Haar«, sagte Madame. »Nehmen Sie den Hut ab und zeigen Sie, was Sie haben.«

Herunter rieselte der braune Wasserfall.

»20 Dollar«, mit geübter Hand wog Madame die Masse.

»Geben Sie es, rasch«, sagte Della.

Oh, und die zwei folgenden Stunden vergingen wie auf rosigen Schwingen. Vergessen war die zermürbende Vorstellung der fehlenden Haare. Sie durchstöberte die Läden auf der Suche nach Jims Geschenk.

Endlich fand sie es. Sicher war es für Jim und niemand anders gemacht. Nichts kam ihm gleich in keinem der Läden. Es war eine Platinuhrkette, einfach und geschmackvoll in Form und Zeichnung. Sie war es sogar wert, die Uhr zu ketten. Sobald Della die Kette sah, wußte sie, daß sie Jim gehören mußte. Sie war wie er. Einundzwanzig Dollar nahmen sie ihr dafür ab, und mit den 87 Cent eilte sie heim. Mit dieser Kette an seiner Uhr durfte Jim in jeder Gesellschaft so eifrig wie er wollte nach der Zeit sehen. So schön die Uhr war, schaute er nämlich manchmal scheu darauf, weil das alte Lederband, das er an Stelle einer Kette benützte, so schäbig war.

Als Della zu Hause ankam, ließ ihr Taumel nach, und sie wurde etwas vernünftig. Sie holte ihre Brennschere heraus, zündete das Gas an und machte sich daran, die Verheerung, die Großmütigkeit zusammen mit Liebe angerichtet hatte, wiedergutzumachen, was immer eine Riesenarbeit ist, liebe Freunde – eine Mammutaufgabe.

Nach vierzig Minuten war ihr Kopf mit kleinen, nahe beisammenliegenden Löckchen bedeckt, die ihr ganz das Aussehen eines Lausbuben gaben. Lange schaute sie ihr Bild an, das der Spiegel zurückwarf, kritisch und sorgfältig.

»Wenn Jim mich nicht tötet«, sagte sie zu sich selbst, »bevor er mich ein zweitesmal anschaut, so wird er sagen, ich sehe aus wie ein Chormädchen von Coney Island. Aber was konnte ich tun – oh, was konnte ich tun mit einem Dollar und 87 Cents?« Um sieben Uhr war der Kaffee gemacht, und die heiße Bratpfanne stand hinten auf dem Ofen, bereit, die Kotelettes aufzunehmen, die darin angebraten werden sollten.

Jim kam nie spät. Della nahm die Kette in die Hand und setzte sich auf den Tisch bei der Türe, durch die er immer hereinkam. Dann hörte sie entfernt seinen Schritt im ersten Stockwerk, und für einen Augenblick wurde sie ganz weiß. Sie hatte die Gewohnheit, im stillen kleine Gebete für die einfachsten

Alltagsdinge zu sagen, und flüsterte vor sich hin: »Lieber Gott, mach, daß er denkt, ich sei immer noch hübsch.«

Die Tür öffnete sich. Jim kam herein und schloß sie. Er war mager und hatte ein sehr ernstes Aussehen. Armer Kerl, erst zweiundzwanzig und schon mit einer Familie beladen. Er hätte dringend einen neuen Mantel gebraucht und hatte keine Handschuhe.

Jim stand bei der Türe still, so unbeweglich wie ein Jagdhund, der eine Fährte wittert. Seine Augen waren auf Della gerichtet und hatten einen Ausdruck, den sie nicht deuten konnte und der sie erschreckte. Es war nicht Ärger.

Della sprang vom Tisch herunter und lief auf ihn zu.

»Jim, Liebster«, rief sie weinend, »schau mich nicht so an. Ich ließ mein Haar abschneiden und verkaufte es, weil ich es nicht ausgehalten hätte, ohne dir ein Geschenk zu Weihnachten zu geben. Es wird wieder nachwachsen. Du bist nicht böse, nicht wahr? Ich mußte es einfach tun. Mein Haar wächst unheimlich schnell. Sag ›Fröhliche Weihnachten!‹, Jim, und laß uns glücklich sein. Du weißt ja gar nicht, welch schönes – wunderbar schönes Geschenk ich für dich habe.«

»Dein Haar hast du abgeschnitten?« fragte Jim mühsam, als hätte er selbst mit der strengsten geistigen Arbeit diese offensichtliche Tatsache noch nicht erfaßt. »Abgeschnitten und verkauft«, sagte Della. »Verkauft ist es, sag' ich Dir, verkauft und fort. Heute ist doch Heiliger Abend, du. Sei lieb, es ist doch für dich. Sei lieb, ich gab es für dich weg. Es kann ja sein, daß die Haare auf meinem Kopf gezählt waren«, fuhr sie mit plötzlicher, ernsthafter Verliebtheit weiter, »aber niemand könnte je meine Liebe zu dir zählen. Soll ich jetzt die Kotelettes auflegen, Jim?«

Nun schien Jim rasch aus seinem Trancezustand zu erwachen. Er nahm Della in seine Arme. Für zehn Sekunden wollen wir mit diskreter Genauigkeit irgendeinen belanglosen Gegenstand in entgegengesetzter Richtung eingehend betrachten. Acht Dollar in der Woche oder eine Million im Jahr – was ist der Unterschied? Ein Witzbold und ein Mathematiker würden uns beide eine falsche Antwort geben. Indessen zog Jim sein Päcklein aus seiner Manteltasche und warf es auf den Tisch. »Du mußt dir nichts Falsches vorstellen über mich, Della«, sagte er. »Ich glaube, da gäbe es kein Haarschneiden, Dauerwellen oder Waschen in der Welt, das mich dazu brächte, mein Frauchen weniger zu lieben. Aber wenn du das Paket da auspackst, wirst du sehen, warum ich mich zuerst eine Weile nicht erholen konnte.« Weiße Finger zogen an der Schnur, rissen am Papier. Ein begeisterter Freudenschrei. Und dann – o weh – ein rascher, echt weiblicher Wechsel zu strömenden Tränen und lauten Klagen erforderte die Anwendung sämtlicher tröstenden Kräfte und Einfälle des Herrn des Hauses. Denn da lagen sie, die Kämme – die Garnitur von Kämmen, seitlich und rückwärts einzustecken, die Della so lange im Schaufenster einer Hauptstraße bewundert hatte. Fabelhafte Kämme, echtes Schildpatt, mit echten Steinen besetzt – gerade in den Farbtönen, die in dem wundervoll verschwundenen Haar so schön gespielt hätten. Es waren teure Kämme. Sie wußte es. Mit ganzem Herzen hatte sie diese Wunder begehrt. Und jetzt gehörten sie ihr, aber die Zöpfe, die mit diesen begehrenswerten Schmuckstücken hätten geziert werden sollen, waren fort.

Trotzdem drückte sie sie an ihr Herz, und endlich konnte sie auch mit verschleierten Augen aufsehen und lächelnd sagen: »Mein Haar wächst ja so schnell, Jim!«

Und dann sprang Della auf wie eine kleine Katze, die sich gebrannt hatte, indem sie immerzu »Oh, oh« rief. Jim hatte ja sein wunderschönes Geschenk noch nicht gesehen. Sie hielt es ihm auf der offenen Hand eifrig entgegen. Das wertvolle, mattglänzende Metall schien ihre heitere und feurige Seele widerzuspiegeln. »Ist es nicht großartig – das einzig Wahre? Ich habe danach gejagt, bis ich es fand. Du wirst jetzt jeden Tag hundertmal sehen müssen, wieviel Uhr es ist. Gib mir deine Uhr, ich muß sehen, wie die Kette daran aussieht.«

Anstatt zu gehorchen, machte es sich Jim auf der Couch bequem, legte die Hände hinter den Kopf und lächelte. »Dell«, sagte er, »wir wollen unsere Weihnachtsgeschenke noch für einige Zeit aufbewahren, sie sind zu schön, als daß wir sie jetzt gebrauchen könnten. Denke, ich habe die Uhr verkauft, um das Geld für deine Kämme zu erhalten. Und jetzt, glaub' ich, ist es das beste, du stellst die Kotelettes auf.«

Die drei dunklen Könige

Er tappte durch die dunkle Vorstadt. Die Häuser standen abgebrochen gegen den Himmel. Der Mond fehlte, und das Pflaster war erschrocken über den späten Schritt. Dann fand er eine alte Planke. Da trat er mit dem Fuß gegen, bis eine Latte morsch aufseufzte und losbrach. Das Holz roch mürbe und süß. Durch die dunkle Vorstadt tappte er zurück. Sterne waren nicht da.

Als er die Tür aufmachte (sie weinte dabei, die Tür), sahen ihm die blaßblauen Augen seiner Frau entgegen. Sie kamen aus einem müden Gesicht. Ihr Atem hing weiß im Zimmer, so kalt war es. Er beugte sein knochiges Knie und brach das Holz. Das Holz seufzte. Dann roch es mürbe und süß ringsum. Er hielt sich ein Stück davon unter die Nase. Riecht beinahe wie Kuchen, lachte er leise. Nicht, sagten die Augen der Frau, nicht lachen. Er schläft.

Der Mann legte das süße mürbe Holz in den kleinen Blechofen. Da glomm es auf und warf eine Handvoll warmes Licht durch das Zimmer. Die fiel hell auf ein winziges rundes Gesicht und blieb einen Augenblick. Das Gesicht war erst eine Stunde alt, aber es hatte schon alles, was dazugehört: Ohren, Nase, Mund und Augen. Die Augen mußten groß sein, das konnte man sehen, obgleich sie zu waren. Aber der Mund war offen, und es pustete leise daraus. Nase und Ohren waren rot. Er lebt, dachte die Mutter. Und das kleine Gesicht schlief.

Da sind noch Haferflocken, sagte der Mann. Ja, antwortete die Frau, das ist gut. Es ist kalt. Der Mann nahm noch von dem süßen weichen Holz. Nun hat sie ihr Kind gekriegt und muß frieren, dachte er. Aber er hatte keinen, dem er dafür die Fäuste ins Gesicht schlagen konnte. Als er die Ofentür aufmachte, fiel wieder eine Handvoll Licht über das schlafende Gesicht.

Die Frau sagte leise: Kuck, wie ein Heiligenschein, siehst du?

Heiligenschein! dachte er, und er hatte keinen, dem er die Fäuste ins Gesicht schlagen konnte.

Dann waren welche an der Tür. Wir sahen das Licht, sagten sie, vom Fenster. Wir wollen uns zehn Minuten hinsetzen.

Aber wir haben ein Kind, sagte der Mann zu ihnen. Da sagten sie nichts weiter, aber sie kamen doch ins Zimmer, stießen Nebel aus den Nasen und hoben die Füße hoch. Wir sind ganz leise, flüsterten sie und hoben die Füße hoch. Dann fiel das Licht auf sie. Drei waren es. In drei alten Uniformen. Einer hatte einen Pappkarton, einer einen Sack. Und der dritte hatte keine Hände. Erfroren, sagte er und hielt die Stümpfe hoch. Dann drehte er dem Mann die Manteltasche hin. Tabak war darin und dünnes Papier. Sie drehten Zigaretten. Aber die Frau sagte: Nicht, das Kind.

Da gingen die vier vor die Tür, und ihre Zigaretten waren vier Punkte in der Nacht. Der eine hatte dicke umwickelte Füße. Er nahm ein Stück Holz aus seinem Sack. Ein Esel, sagte er, ich habe sieben Monate daran geschnitzt. Für das Kind. Das sagte er und gab es dem Mann. Was ist mit den Füßen? fragte der Mann. Wasser, sagte der Eselschnitzer, vom Hunger. Und der andere, der dritte? fragte der Mann und befühlte im Dunkeln den Esel. Der dritte zitterte in seiner Uniform: Oh, nichts, wisperte er, das sind nur die Nerven. Man hat eben zuviel Angst gehabt. Dann traten sie die Zigaretten aus und gingen wieder hinein.

Sie hoben die Füße hoch und sahen auf das kleine schlafende Gesicht. Der Zitternde nahm aus seinem Pappkarton zwei gelbe Bonbons und sagte dazu: Für die Frau sind die.

Die Frau machte die blassen blauen Augen weit auf, als sie die drei Dunklen über das Kind gebeugt sah. Sie fürchtete sich. Aber da stemmte das Kind seine Beine gegen ihre Brust und schrie so kräftig, daß die drei Dunklen die Füße aufhoben und zur Tür schlichen. Hier nickten sie nochmal, dann stiegen sie in die Nacht hinein.

Der Mann sah ihnen nach. Sonderbare Heilige, sagte er zu

seiner Frau. Dann machte er die Tür zu. Schöne Heilige sind das, brummte er und sah nach den Haferflocken. Aber er hatte kein Gesicht für seine Fäuste.

Aber das Kind hat geschrien, flüsterte die Frau, ganz stark hat es geschrien. Da sind sie gegangen. Kuck mal, wie lebendig es ist, sagte sie stolz. Das Gesicht machte den Mund auf und schrie.

Weint er? fragte der Mann.

Nein, ich glaube, er lacht, antwortete die Frau.

Beinahe wie Kuchen, sagte der Mann und roch an dem Holz, wie Kuchen. Ganz süß.

Heute ist ja auch Weihnachten, sagte die Frau.

Ja, Weihnachten, brummte er, und vom Ofen her fiel eine Handvoll Licht hell auf das kleine schlafende Gesicht.

THEODOR FONTANE

Die Feuersbrunst

Hilde lebte sich ein, und es waren glückliche, helle Tage, so hell wie der Schnee, der draußen lag. Alle Morgen mußte Martin in die Schule, zweimal auch zu Sörgel, aber wenn er dann eine Stunde vor Essen wiederkam und seine Mappe mit der Schiefertafel in das Brotschapp gestellt hatte, so ging es mit der ihn schon erwartenden Hilde rasch in die Winterfreude hinaus, die jeden Tag eine andere wurde. Die größte aber war, als sie sich auf dem Hofe eine Schneehütte gebaut und die Höhle darin mit Stroh und Heu ausgepolstert hatten. Da saßen sie halbe Stunden lang, sprachen kein Wort und hielten sich nur bei den Händen. Und Martin sagte, sie seien verzaubert und säßen in ihrem Schloß, und der Riese draußen ließe niemand ein. Dieser Riese aber war ein Schneemann, dem Joost eine Perücke von Hobelspänen aufgesetzt und anfänglich ein Schwert in die Hand gegeben hatte, bis einige Tage später aus dem Schwert ein Besen und mit Hülfe dieses Tausches aus dem Riesen selbst ein Knecht Ruprecht geworden war. Das war um die Mitte Dezember. Als aber bald danach die letzte Woche vor dem Fest anbrach, da fingen auch die Heimlichkeiten an, und Martin war stundenlang fort, ohne daß Hilde gewußt hätte, wo. Und wenn sie dann fragte, so hörte sie nur, er sei bei Sörgel oder bei Melcher Harms oder bei dem alten Drechsler Eickmeier, der in der Weihnachtszeit außer seinen Pfeifen und seinem Schwamm auch noch Bilderbogen verkaufte. Mehr aber konnte niemand sagen, und erst am Heiligabende selbst mußte der Geheimnisvolltuende von seinem Geheimnis lassen, um sich ebenso der Zustimmung des Vaters wie der Hülfe Grissels zu versichern. Und diese letztere half denn auch wirklich und freute sich, daß es etwas Schönes werden würde, worüber ihr keinen Augenblick ein Zweifel kam. Und als es nun dunkelte und drüben von der Kirche her die kleine Glocke zu läuten anfing, da war alles fertig, und der Heidereiter selbst führte Hilden in seine Stube, drin unter dem Christbaum neben anderen Geschenken auch die ganze Stadt Bethlehem mit all ihren Hirten und Engeln aufgebaut worden war. Alles leuchtete hell, weil hinter dem geölten Papier eine ganze Zahl kleiner Lichter brannte; am hellsten aber leuchtete der Stern, der über dem Kripplein und dem Jesuskinde stand. Hilde konnte sich nicht satt sehen daran, und als endlich der Lichterglanz in der Stadt Bethlehem erloschen war, trat sie vor den Heidereiter hin, um ihm für alles, was ihr der Heilige Christ beschert hatte, zu danken.

»Und nun sage mir«, sagte dieser, »was hat dir am besten gefallen?«

Sie wies auf die Stadt.

»Dacht' ich's doch!« lachte Baltzer Bocholt, »die Stadt! Aber die Stadt ist nicht von mir, Hilde, die hat dir der Martin aufgebaut und hat seine Sparbüchse geplündert. Und der alte Melcher Harms hat ihm geholfen, und alles, was in Holz geschnitzt ist und auf vier Beinen steht, das ist von ihm. Ja, das versteht er. Aber der Martin hat doch das Beste getan, und wenn du wem danken willst, so weißt du jetzt, wohin damit.«

Und dabei wies er auf Martin, der scheu neben dem Ofen stand.

Hilden selbst aber war alle Scheu geschwunden, und sie lief auf Martin zu und gab ihm einen herzhaften Kuß, *so* herzhaft, daß der alte Heidereiter ins Lachen kam und immer wiederholte: »Das ist recht, Hilde, das ist recht. Ihr sollt euch lieb haben, so recht von Herzen, und wie Bruder und Schwester. Ja, so will ich's, das hab' ich gern.«

Und danach ging es zu Tisch, und alle ließen sich den Weihnachtskarpfen schmecken und waren guter Dinge, nur Hilde nicht, die noch immer in fieberhafter Erregung nach dem dunkelgewordenen Bethlehem hinübersah und endlich froh war, als sie gute Nacht sagen und in die Giebelstube hinaufsteigen konnte. Hier stellte sie, was ihr unten beschert worden war, auf das oberste Brett ihres Schrankes und sagte zu Grissel, während sie den Binsenstuhl an das Bett derselben heranrückte: »Nun erzähle.«

»Wovon, Kind?«

»Von der Jungfrau Maria.«

»Und von dem Jesuskindlein?«

»Ja. Von dem Kindlein auch. Aber am liebsten von der Jungfrau Maria. War es seine Mutter?«

»Ach, du Herr des Himmels!« entsetzte sich Grissel. »Hast du denn nie gelernt: ›Geboren von der Jungfrau Maria‹? Kind, Kind! Ach, und deine Mutter, die Muthe, hat sie dir denn nie das zweite Stück vorgesagt? Wie? Sage!«

»Sie hat mir immer nur ein Lied vorgesagt.«

»Und wovon?«

»Von einem jungen Grafen.«

»Und nichts von Gott und Christus? Und weißt auch nicht, was Weihnachten ist? Und bist am Ende gar nicht getauft? Und da läßt der Pastor dich umherlaufen, sagt nichts und fragt nichts, und der Böse geht um, und ist keiner, der ihm widerstände, der nicht den Glauben hat an Jesum Christum, unseren Herrn und Heiland. Ach, du mein armes Heidenkind! ... Aber nimm dir ein Tuch und wickele dich ein, denn es ist kalt, und dann höre zu, was ich dir sagen will.«

Und Grissel erzählte nun von Joseph und Maria und von Bethlehem, und wie das Christkind allda geboren sei.

»Von der Jungfrau Maria?«

»Ja, von *der*. Denn das Kind, das sie gebar, das war nicht des Josephs Kind, das war das Kind des Heiligen Geistes.«

Es war ersichtlich, daß Hilde nicht verstand und verlegen war. Aber sie wollte nicht weiter fragen und sagte nur: »Und wie kam es dann?«

»Ei, dann kam es so, wie du's heute gesehen hast und wie Martin und Joost es dir aufgebaut haben. Und meinetwegen auch der alte Melcher. Erst kam der Stern und stand über dem Hause still, und dann erschienen die Hirten, und zuletzt kamen die drei Könige von Morgenland und brachten Gold und Gaben und köstliche Gewänder, und alles war Licht und himmlische Musik, und der Himmel war offen, und die Engel Gottes stiegen auf und nieder. Und es war Freud' im Himmel und auf Erden, denn unser Heiland war geboren. Und dieser Geburtstag unseres Heilandes ist unser Weihnachtstag.«

Hildes Augen waren immer größer geworden, und sie sagte jetzt: »Ah, das ist schön und wird einem so weit! Erzähle mir immer mehr. Ich seh' es alles und höre die himmlische Musik, und dazwischen ist es wie Glockenläuten. Ernst und schwer. Und ist immer derselbe Ton …«

Indem aber hatte sich Grissel aufgerichtet, hielt ihre Hand ans Ohr und sagte: »Hilde, Kind, was ist das? … Immer *ein* Ton, freilich. Und immer derselbe … Das ist die Feuerglokke … Horch!«

Und sie war aus dem Bett gesprungen, warf ihren Friesrock über und sah hinaus. Aber im Dorfe war kein Feuerschein, und so lief sie nach der anderen Giebelstube hinüber, wo Martin schlief, und riß das Fenster auf. Und da sah sie die Glut, nicht unten im Tal, aber oben, und wenn nicht alles täuschte, so mußt' es auf Kunerts-Kamp sein, hart am Walde, denn die Rückseite von Ellernklipp stand angeglüht im Widerschein. Und sie flog treppab, um den Heidereiter zu wecken. Aber der stand schon auf der Diele, den Hirschfänger an der Koppel, und rief ihr zu: »Meinen Hut; rasch! Verdammte Wirtschaft! Wer hat den Hut vom Ständer genommen?« – »Er hängt ja; weiß Gott, Baltzer, Ihr habt wieder Euren Koller und kein Aug' im Kopf. Hier.« Und er riß ihr den Hut aus der Hand. In der Tür aber wandt' er sich noch einmal zurück und sagte scharf und bestimmt: »Und daß du mir das Haus hütest, Grissel. Ich befehl' es. Ein Feuer wie das ist kein Küchenfeuer. Und Hilde soll ins Bett. Und Martin auch.«

Damit war er die Treppenstufen hinunter und ging auf Diegels Mühle zu, von der er dann, als auf dem nächsten Wege, nach Ellernklipp hinauf wollte.

Mittlerweile war auch Hilde die Treppe herabgekommen und stellte sich mit auf die zugige Diele, denn Vor- und Hintertür standen weit offen. Und nicht lange, so rollte von Emmerode her über den hartgetretenen Schnee die Dorfspritze heran. Allerhand junges Volk hatte sich vorgespannt, andere schoben, und Grissel, die bis auf die Vortreppe hinausgetreten war, fragte: wo es sei.

»Auf Kunerts-Kamp. Der Muthe Rochussen ihr Haus brennt.«

Und damit ging es weiter. Aber ehe noch die Spritze zwischen den Erlen verschwunden war, erklärte Hilde, die jedes Wort gehört hatte, daß sie gehen und das Feuer sehen wolle.

»Du darfst nicht.«

Aber sie bat weiter, und als Grissel unerbittlich blieb, sagte sie: »Gut, so geh' ich allein. Du wirst mich doch nicht halten wollen?« Und damit lief sie fort und kam erst zurück und beruhigte sich erst wieder, als ihr die bang und ängstlich nachstürzende Grissel ein Mal über das andere zugesichert hatte, sie nicht einsperren oder mit Gewalt festhalten, ihr vielmehr in allem zu Willen sein zu wollen. Und wirklich, sie hielt Wort; und als sie die vor Erregung immer noch zitternde Hilde wohl verwahrt und in ihre Weihnachtspelzkappe gesteckt hatte, gingen sie, rechts um das Haus biegend, einen mit lockerem Schnee gefüllten Graben hinauf, der unmittelbar neben dem Heckenzaun hin auf die Höhe zulief. Eine Zeitlang war es ihnen, als ob oben alles erloschen sei, denn sie sahen keinen Schein mehr. Aber kaum daß der anfänglich tiefe Graben etwas flacher gefroren war, so lag auch das Feuer vor ihnen, wie mit Händen zu greifen, und die Glutmasse wirbelte immer heftiger in die Höhe. Hilde stand wie gebannt. Endlich aber sagte sie: »Komm, wir wollen näher.«

Und damit hielten sie sich auf einen hohen Grenzstein zu, der zwischen Kunerts-Kamp und den Sieben Morgen lag und das verschneite Heidekraut weit überragte. Auf den stellten sie sich und sahen hinüber in die Flamme.

Die Spritze war schon da, trotzdem man sie stückweise hatte heraufragen müssen, aber Wasser fehlte. Denn der Ziehbrunnen, der zu dem Hause gehörte, lag schon im Bereiche des Feuers, und niemand konnte mehr heran. Es schien aber doch, als ob Wasser von irgendwoher erwartet werde, denn eine lange Kette hatte sich bis Ellernklipp hin aufgestellt, und nur der Heidereiter achtete weit mehr auf das, was an der entgegengesetzten Seite vorging, weil er vor allem seinen Wald zu retten wünschte. Der lag freilich noch gute hundert Schritte zurück, aber gerade da, wo die Muthe gewohnt hatte, schob er eine lange Spitze vor, deren vorderstes Gezweig bereits bis über die Gartenzäunung hing. Es war klar, daß der Wald in äußerster Gefahr schwebte, wenn es nicht gelang, einen breiten Zwischenraum zu schaffen, und Baltzer Bocholt, der wohl erkannte, daß er um des Ganzen willen einen Einsatz nicht scheuen dürfe, wies jetzt, als er seine Holzschläger und Schindelspeller um sich versammelt sah, auf die Stelle hin, wo seiner Meinung nach der Schnitt gemacht und die vorspringende Spitze von dem eigentlichen Gebreite des Waldes abgetrennt werden mußte. »Vorwärts!« Und nicht lange, so hörte man den Schlag der Axt und das Krachen und Stürzen der Bäume, die, wenn kaum erst halb angeschlagen, an langen Stricken niedergerissen wurden. Und eine kleine Weile noch, so gab es auch Wasser oder doch die Gelegenheit dazu, denn aus dem Tale herauf, von Diegels Mühle her, erschien eben jetzt eine Schlittenschleife, die mit Schaufeln und Spaten, mit Eimern und Kesseln und überhaupt mit allem bepackt worden war, dessen man unten in der Eile hatte habhaft werden können; und während einige der Leute sofort sich anschickten, mit Stangen und Feuerhaken ein paar brennende Balken aus der Feuermasse herauszureißen, schleppten andere die Kessel, große und kleine, vom Schlitten her in die Glut und schippten den umherliegenden Schnee hinein. Und wieder andere waren, die hockten um die Kessel her und trugen den Schnee, wenn er geschmolzen, in Butten und Eimern an die nebenstehende Spritze, deren erster Strahl eben jetzt in die Glutmasse niederfiel. Aber der Heidereiter, unschwer erkennend, daß an der Muthe Haus wenig gelegen und noch weniger zu retten war, schrie mit lauter Stimme dazwischen: »Unsinn! hierher!« Und gehorsam seinem Kommando, packten alle, die zur Hand waren, nach der Spritzendeichsel und jagten über die verschneiten Baumstubben fort, bis sie dicht an der Waldecke hielten, an eben jener bedrohtesten Stelle, wo der angeglühte Schnee bereits von den Zweigen zu tropfen anfing.

Und Hilde starrte wie benommen in das mit jedem Augenblicke sich neugestaltende Bild, das, alles sonstigen Wechsels ungeachtet, in drei fest und unverändert bleibenden Farbenstufen vor ihr lag: am weitesten zurück die schwarze Schattenmasse des Waldes, *vor* dem Walde das Feuer und *vor* dem Feuer der Schnee.

Über dem Ganzen aber der Sternenhimmel.

Und sie sah hinauf, und die Engel stiegen auf und nieder. Und es war wieder ein Singen und Klingen, und die Wirklichkeit der Dinge schwand ihr hin in Bild und Traum.

Und so stand sie noch, als sie drüben ein Rufen und Schreien hörte, vor dem ihr Traum zerrann, und als sie wieder hinblickte, sah sie, daß das brennende Haus in ein Wanken und Schwanken kam und im nächsten Augenblicke jäh zusammenstürzte.

Die Funken flogen himmelan und verloren sich in den Sternen.

Eine Minute lang folgte sie noch wie geblendet dem Schauspiel, während sie zugleich das in die Höhe gerichtete Auge mit ihrer Hand zu schützen suchte. Dann aber ließ sie die Hand wieder fallen und sagte: »Komm, Grissel, mich friert. Und es ist nun alles vorbei.«

GERHARD ROTH

Feuer

Wir waren nach dem Mittagessen mit unserer Mutter in die Augasse spazieren gegangen und frierend nach Hause gekommen. In der Küche war es warm. Als es dunkel geworden war, ging die Tür zum Schlafzimmer auf, und Vater führte uns zu einem Tannenbaum, der auf dem Blumentischchen stand. Er war mit Watte behängt, und Kerzen brannten auf ihm. Ich glaube, es machte mir keinen Eindruck, außer vielleicht, dass es mir merkwürdig vorkam. Kerzen waren für mich der Inbegriff für eine unangenehme Situation – wenn zum Beispiel der Strom ausgefallen war. Die Erwachsenen sangen das Weihnachtslied »Stille Nacht«, und wir erhielten jeder ein Halskettchen aus Silber mit einem Schutzengelanhänger. Wie ich später erfuhr, hatte mein Vater die Schmuckstücke von einem Juwelier für die ärztliche Betreuung erhalten. (Ich habe dann die Halskette in meiner Kindheit nicht mehr abgenommen, auch nicht, wenn ich in der Badewanne saß. Meine Mutter erklärte uns, dass die Engel uns beschützen würden, wir müssten nur an diese denken, wenn wir in Not seien. Es war das einzige Mal, dass ich in meiner Kindheit von meinen Eltern oder Großeltern etwas Religiöses hörte.) Bevor wir wieder in die Küche gingen, fing der Baum zu brennen an. Die Watte an den trockenen Zweigen nährte die Flammen, und im nächsten Augenblick entstand ein Feuerschweif, der auf den Vorhang übergriff. Mein Vater packte das Bäumchen und lief aus dem Schlafzimmer. Ich folgte ihm auf den Flur. Die Klosetttür war geöffnet, Vater war dort auf den holzkastenförmigen Sitz gestiegen und blickte aus dem kleinen Fenster. Er drehte sich nach mir um, hob mich zu sich hinauf, und ich sah, schwindelerregend tief, in den Lichtschacht hinunter, wo die Reste des Nadelbäumchens auf einem Schneehaufen lagen. Großvater hatte inzwischen das Feuer gelöscht, aber ein Ärmel seines schönsten Hemdes war versengt. Die Vorhänge allerdings waren fast zur Gänze verbrannt und mussten abgenommen werden. Ich schlief in dieser Nacht trotzdem glücklich ein, weil jetzt mehr Licht in das Zimmer kam, und ich, sobald sich meine Augen an das Dunkel gewöhnt hatten, alles sehen konnte.

ULRICH TUKUR

La Bambola

Ein venezianisches Weihnachtsmärchen

Die Verkäuferin der kleinen Parfumerie auf dem Lido hatte gefragt, wie alt denn die Dame sei, der wir eine Freude machen wollten. Sechsundneunzig, antwortete ich, also noch ein ganz junges Mädchen, lachte sie und empfahl für diesen Fall unbedingt etwas Klassisches. Chanel N°5. Sie gab sich große Mühe und verpackte alles sehr hübsch, Parfum, Seife in Zitronenform und einen Seidenschal, den wir in einem Laden nebenan gefunden hatten.

Als wir die zwei Stockwerke zu ihrer kleinen Wohnung hinaufgestiegen waren, stand Rosa freudestrahlend in der Tür, mit einer Halskette aus roten Perlen, Ohrringen und etwas Rouge auf den Lippen, das nicht ganz sicher aufgetragen war. Sie bat uns in ihre Küche, und auf dem Weg durch den niedrigen, schmalen Flur warf ich einen Blick in ihr abgedunkeltes Schlafzimmer. Ich stand schon in der Küchentür, als mir bewußt wurde, daß ich außer Bett, Schrank und Kommode im Schatten etwas Merkwürdiges gesehen hatte.

Aber schon drückte mir Rosa ein Glas Rotwein in die Hand, und wir setzten uns an einen kleinen, wackeligen Tisch, sie strahlte, und der einzige Zahn, der ihr geblieben war, lugte unter der Oberlippe hervor wie ein verwittertes Stück Elfenbein. Ihr Gesicht war eine Landschaft, die sich im Laufe eines langen, entbehrungsreichen Lebens herausgebildet hatte; es gab Berge, ja regelrechte Gebirgszüge, zwischen denen sich Täler dahinzogen, tiefe und weniger tiefe, langgestreckte, die sich zu Ebenen weiteten, wiederum anstiegen, um hinabzufallen zu zwei Seen, dunkel schimmernd oder hell strahlend, je nachdem, welches Wetter herrschte und wie das Licht sie traf.

Alles in ihrer Wohnung wirkte ordentlich, sauber, liebenswürdig. Rosa selbst war tadellos gekleidet, und es war klar, daß sie jede Art von Nachlässigkeit haßte, daß das Geheimnis ihres hohen Alters ganz offensichtlich in ihrer Fähigkeit lag, den Anwürfen und Unwägbarkeiten des Lebens eine innere Ordnung entgegenzusetzen, die völlig selbstverständlich war und ihren Ausdruck in einer Liebe zur Form und schönen Ausgestaltung fand.

An der Wand hinter ihr hing eine alte schwarzweiße Photographie ihres Mannes, der Kohlenschiffer gewesen war und 1944, als Venedig die städtische Beheizung von Kohle auf Gas umstellte, mit seiner Arbeit auch seinen Stolz verlor. Wütend, enttäuscht und unfähig zu Rebellion oder Neubeginn, war er in ein seelisches Loch gefallen, aus dem er sich für den Rest seines Lebens nicht mehr befreien konnte. Nur noch selten verließ er das Haus, rührte weder Arbeit noch seine Frau mehr an, und so mußte Rosa für ihre acht Kinder, die mitsamt den Eltern in der Küche und dem kleinen Zimmer nebenan schliefen, den Lebensunterhalt bestreiten.

Sie hatte eine Anstellung als Putzfrau im »Fenice«-Theater gefunden, das einmal die schönste und bedeutendste Opernbühne Italiens und Europas gewesen war und ihren Namen dem Umstand verdankte, zweimal abgebrannt und wiederaufgebaut worden zu sein. (In der Nacht vom 29. auf den 30. Januar 1996 war sie ein drittes Mal in Flammen aufgegangen, bis auf den Grund zerstört und acht Jahre später feierlich wiedereröffnet worden. Die legendäre Akustik konnte zwar wiederhergestellt werden, die Patina der Jahrhunderte und ihr einzigartiger Charme freilich waren dahin, und es scheint nur eine Frage der Zeit, bis sie ein viertes Mal den nächtlichen Himmel Venedigs illuminiert.) […]

In den Sommermonaten gab es zusätzliche Arbeit bei den Filmfestspielen auf dem Lido. Während der Vorführungen verharrte sie still unter der Tribüne, auf der das mondäne Publikum saß, und vernahm die Stimmen der berühmtesten Schauspieler ihrer Zeit. Sie versuchte sich die Bilder vorzustellen, die unsichtbar dort oben über die Leinwand flackerten, und träumte von Alberto Sordi, der sie im offenen Sportwagen und in lässiger Umarmung eine kurvenreiche, steil zum Meer abfallende Küstenstraße entlangfuhr, ihr Haar wehte im Wind, tief unten rauschte die Brandung, und als er den Wagen schließlich anhielt, sah er sie mit glutvollen Augen an, zog sie an sich und sagte ihr Dinge, die sie von ihrem Mann nie gehört hatte. Denn auch sie war einmal ein hübsches Mädchen gewesen mit langen schwarzen Haaren und einer tadellosen Figur, und die Jungen in ihrer Nachbarschaft bei der Salute-Kirche hatten sie angegafft und ihr heimlich nachgestellt. Einmal war sogar ein Bildhauer namens Bolla ins Haus der Eltern gekommen mit dem Wunsch, ihre Beine zu modellieren, doch der Vater, ein rechtschaffener Arbeiter und Kommunist, hatte gebrüllt, seine Tochter käme in kein Museum, den Künstler beschimpft und hinausgeworfen. Als sie siebzehn war, ging sie mit Nino, einem Nachbarsjungen, heimlich tanzen; er küßte sie, gleich war sie verliebt, und sie sahen sich einen wundervollen Monat lang, bis Nino ins Militär einrückte. Als er zurückkam, hatte sie ihm eine Tochter geboren. Das war 1927. Sie heirateten und zogen auf die Giudecca, wo sie am Südrand der Insel in einer Holzbaracke und bedrückender Armut lebten. Jahr für Jahr kam ein neues Kind zur Welt, und wenn Nino abends von der Arbeit kam, hatte er noch genügend Kraft, den Küchentisch mit der schweren Granitplatte an den Zähnen in die Höhe zu ziehen. O ja, er war ein stolzer Kohlenschiffer!

Rosa, die unter der Tribüne eingenickt war, wurde vom Getrampel der Zuschauer geweckt. Es war ein so lautes, erschrekkendes Geräusch, daß sie den Kopf einzog und fürchtete, das Holzpodest könnte einstürzen und sie in ihrem dunklen Winkel erdrücken. Als es wieder ruhig wurde, hörte sie, wie jemand das Podium über ihrem Kopf erklomm, ein paar Schritte tat, einen Stuhl rückte und zu sprechen begann. Es war Alberto Sordi, der dem Publikum und den Journalisten in schlanken Worten Rede und Antwort stand, sie kannte seine elegante

Stimme genau, und sie erkannte auch die von Anna Magnani, Sophia Loren, Marcello Mastroianni, Giulietta Massina oder dem heißgeliebten Antonio de Curtis, der sich Totò nannte.

Sie alle bewegten sich dort oben in einer entrückten Welt, und es schien ihr, als seien die Worte, die sie sprachen, doch eigentlich auch an sie gerichtet, nur hatte ein grausames Schicksal eine Trennungslinie gezogen, unsichtbar, aus Holz oder Stein, und verhindert, daß auch nur etwas Licht auf sie fiel. Gegen neun Uhr abends fuhr sie todmüde nach Hause, kochte für Nino und die Kinder und legte sich ins Bett. Ippolita, die Älteste, legte ihr Pino an die Brust, und noch während sie ihr Kind säugte, schlief sie vor Erschöpfung ein.

Jetzt aber, da Ippolita selbst achtundsiebzig Jahre zählte und Urgroßmutter war, saß Rosa hellwach am Küchentisch und freute sich sichtlich über unseren Besuch. Sie redete in einem fort, erzählte von ihren jüngeren Schwestern, die innerhalb weniger Monate gestorben seien, sie aber hätte alle überlebt; und wie im Supermarkt, wenn das elende Gedrängel an der Kasse losgehe, würde sie es auch mit dem Tod halten: »Bitte nach Ihnen, Signora! Nur zu, Signor, ich lasse Ihnen gerne den Vortritt!« Ihre kleinen Augen funkelten, sie ergriff meine Hand und brach in ein schallendes Gelächter aus.

Plötzlich hielt sie inne. Aus dem Schlafzimmer nebenan war ein Geräusch gekommen, undefinierbar und nicht sehr laut. Ich sah in den dunklen Flur, und mir schien, als hätte sich dort etwas bewegt, blitzschnell aber war es wieder zurück ins Zimmer geschlüpft, ein Trippeln, ein Flüstern und Gewispere war zu hören, dann fiel ein Gegenstand rumpelnd zu Boden, was ein unterdrücktes Kichern nach sich zog, und es war schlagartig wieder still. Rosa schien sich nicht weiter für die Vorgänge im Nebenraum zu interessieren, vielleicht hörte sie auch nichts, versonnen lächelte sie vor sich hin, und als sich unsere Blicke trafen, zuckte sie nur mit den Schultern. Ich stand auf, um herauszufinden, was in aller Welt dort drüben los war, und als ich das elektrische Licht im Schlafzimmer andrehte, starrten mich die Augen von nicht weniger als einem Dutzend Puppen an, die, überall im Raum verteilt, allein oder in Grüppchen auf Schrank, Bett, Kommode und Stuhl saßen, liebevoll angefertigt und herausgeputzt. Augen und Glieder aber waren von seltsam gespanntem Ausdruck, so als hätten sie mitten in einer Bewegung ertappt innegehalten, blitzschnell eine Position eingenommen und jetzt sichtlich Mühe, sich nicht mehr zu rühren. Es waren diese Puppen gewesen, die ich beim Hereinkommen aus dem Augenwinkel erspäht und gleich wieder vergessen hatte. Unter ihnen befand sich eine, die meine Aufmerksamkeit sofort erregte. Sie lehnte gegen den Spiegelaufsatz einer Eichenkommode und war mit ihrem hübschen Porzellangesicht und der schwarzen Pagenfrisur K. in verblüffender Weise ähnlich. Mit einem Mal verstand ich, warum Rosa so außer sich geraten war, als sie K. nach unserer Ankunft in Venedig bei einem Spaziergang auf der Fondamenta das erste Mal erblickt hatte. Mit offenem Mund war sie vor ihr stehengeblieben, hatte laut in die Hände geklatscht, einen Schrei des Entzückens, ja tiefen Glücks ausgestoßen, sie stürmisch in die Arme geschlossen und wieder und wieder ausgerufen: »Bambola, la mia bambola! Mein Püppchen, wie schön du bist!« K. schien ihr lebendiger Teil der kindlichen Welt, in die sie sich am Ende ihres Lebens geflüchtet hatte, und von Stund an überschüttete sie sie mit ihrer ganzen Liebe. Immer wenn wir uns trafen, tranken wir ein Birrino, ein Bierchen, zusammen, und sie machte ihrem Herzen Luft, das voll Trauer oder Freude war.

Ich schaltete das Licht im Schlafzimmer wieder aus und wollte eben die Tür schließen, als ich ein dünnes, näselndes Stimmchen vernahm, das ein Lied oder, wie mir eher schien, eine Opernarie anstimmte, und es klang wie aus dem Trichter eines alten Grammophons: »Einmal schon glaubt' ich, mein Herz sei tot, doch der Glanz dieser blauen Augen erweckt es aufs neu …« Ich drehte das Licht wieder an, und sofort war es still. Auf dem großen verspiegelten Schrank, der ein Ensemble mit den anderen Möbeln des Zimmers bildete, aber saß eine Puppe, die ich vorher dort nicht gesehen hatte. Sie war über einen halben Fuß groß, von enormer Leibesfülle und in einen Frack gekleidet, der aus allen Nähten platzte, hatte ein weißes, teigiges Gesicht, schwarze, mit Pomade gebändigte Haare, und mir war, als baumelten die drallen Beinchen vorm Spiegel des Schrankes noch leicht hin und her. Sie hielt den Kopf abgewandt, und ihr Blick ging zum geschlossenen Fenster. Alle anderen Puppen saßen unbeweglich, starrten mich an wie schon zuvor, doch etwas hatte sich in ihren Gesichtern verändert, und ja, ich fand, daß jede einzelne von ihnen auf einmal sehr persönlich und unverwechselbar wirkte, einige kamen mir sogar seltsam bekannt vor, und fast schienen sie zu lächeln, aber es hatte etwas Höhnisches, Herausforderndes, und offenbar verwandten sie enorme Kraft darauf, nicht sofort loszuprusten und in ein wildes, boshaftes Gelächter auszubrechen.

An dieser Stelle muß ich zugeben, daß mir etwas unheimlich zumute wurde, ich hatte den Tag über einiges durcheinandergetrunken, draußen war es sehr kalt gewesen, es hatte sogar ein wenig geschneit, und hier drinnen herrschte nun eine Temperatur, wie man sie oft bei alten Menschen antrifft, die, geplagt von der Vorahnung künftiger Grabeskälte, aus ihren Heizkörpern herausholen, was sie nur herzugeben imstande sind. Vielleicht also war dadurch mein Kreislauf etwas aus dem Gleichgewicht geraten, mein Gemüt im wahrsten Sinne des Wortes überhitzt, und ich sah Dinge, die es gar nicht gab. K. rief aus der Küche, wo ich denn bliebe, es sei unhöflich, sie beide hier so lang allein zu lassen. Doch kaum hatte ich die Tür wieder geschlossen, ging es dahinter erneut los: »Munter plaudern die Brunnen, des Abends leichte Brise lindert der Menschen Weh …« Dann vernahm ich ein Gekreisch und Gekeife, wie wenn sich jemand in die Haare geraten war, ja regelrecht prügelte, und als ich den Türgriff nach unten drückte, hörte es schlagartig wieder auf. »Was machst du für einen Lärm?« kam es auf deutsch aus der

Küche, »wir sollten los, laß uns das Geschenk übergeben und gehen, es ist gleich acht!«

Großer Gott, die Ente! Die hatte ich ganz vergessen. Seit bald drei Stunden schmorte sie schon im Rohr, hatte den Punkt ihrer optimalen Geschmacksentfaltung mit Sicherheit längst überschritten und war jetzt dabei, auszutrocknen, sich schwarz zu färben, zusammenzufallen und bis zur Unkenntlichkeit zu verbrennen ... Als ich wieder in die Küche trat, holte K. unser Päckchen hervor, drückte es Rosa in die Hand, küßte sie auf beide Wangen und wünschte ein frohes Weihnachtsfest. Ich nickte ihr aufmunternd zu, sie schlug die Hände zusammen, wie sie es immer tat, wenn sie sich freute, weigerte sich jedoch, das Geschenkpapier zu entfernen, es sei zu schön, so etwas dürfe man nicht zerreißen. Also packte es K. vorsichtig aus, und als sie ihr den kleinen Kristallflakon mit der goldgelben Flüssigkeit präsentierte, sah uns Rosa mit großen erstaunten Augen an. Sie hatte keine Ahnung, was das gläserne Ding sein sollte, sie nahm es in die Hand, drehte und wendete es hin und her, schaute mit zusammengezogenen Brauen auf das Etikett, und ich merkte, daß sie gar nicht lesen konnte.

»Aaaiih!!« Mit einem Aufschrei sprang ich in die Höhe und schlug mit dem Kopf gegen den Blümchenschirm der kleinen Küchenlampe. Etwas hatte mich unterm Tisch in die Wade gestochen oder gebissen und einen heftigen Schmerz verursacht. Als ich die Hose aufkrempelte, sah ich, daß Blut das Bein hinunterlief, auch der Stoff war in Mitleidenschaft gezogen worden. Wieder konnte ich mir keinen Reim darauf machen, es gab nichts, was als Ursache dieser Attacke auszumachen war. Rosa hatte nur kurz aufgeblickt, sich aber gleich wieder ihrem Flakon zugewandt, und irgend etwas hielt mich davon ab, sie davon in Kenntnis zu setzen, daß es in ihrem Haushalt nicht mit rechten Dingen zuging.

Ich entschuldigte mich bei K., die allmählich glauben mußte, daß mein Verstand gelitten hatte, und ging hinüber ins Badezimmer, um das Blut abzuwischen und die Wunde zu untersuchen. Kurz darauf klopfte sie an die Tür und ließ mich wissen, daß sie in diesem Augenblick und in der edlen Absicht aufbreche, unser Weihnachtsessen zu retten. »Sehr gut, geh schon vor … Nein, warte noch, … aber das kann doch nicht sein, hier sind vier Punkte in der Haut, ganz deutlich, wie wenn mir jemand mit einer gottverdammten Gabel …« – »Hör mal, es reicht jetzt, du hast den ganzen Tag getrunken und bist vollkommen durcheinander, am Tischbein wirst du dich aufgerissen haben, bedank dich für den Wein und komm bitte gleich nach!« Sie ging. Ich stand einen Augenblick still da und verlor mich in den seltsamsten Gedanken, schließlich sah ich in den Spiegel und erblickte darin zu meinem Erstaunen eine üppig blühende, von sanften Hügeln durchzogene Sommerlandschaft, durch die sich das helle Band einer Straße schlängelte. Ein offener Sportwagen von mattroter Farbe fuhr ins Bild, und in ihm saßen eine Ente, die eine Zigarette rauchte, eine Puppe mit schwarzer Pagenfrisur, ein französischer Parfumflakon mit blasiertem Gesicht und am Steuer ein unförmig dicker Opernsänger. Er hatte sich einen weißen Seidenschal um den Hals geschlungen und schmetterte aus vollem Halse: »Der Vogelfänger bin ich ja, stets lustig, heißa, hopsassa! Ein Netz für Mädchen möchte ich, ich fing sie dutzendweis für mich …« Da legte ihm die Puppe, die hinter ihm saß, vorsichtig die Arme um die Schultern, küßte ihn sanft in den Nakken, er drehte sich lachend zu ihr um und fuhr, sie ansingend, fort »dann sperrte ich sie bei mir ein und alle Mädchen wären mein!« Als er das berühmte Tirilirili pfiff, schoß das Fahrzeug wie eine Rakete über den Straßenrand hinaus und stürzte, sich mehrmals überschlagend, einen steilen Abhang hinunter. Ich schloß die Augen, und als ich sie wieder öffnete, sah mich aus dem Spiegel eine Art überdimensioniertes Streichholz an, ein knallroter Kopf mit hektischen Flecken auf Stirn und Wangen und vom Hals abwärts eine Haut, die wie helles, poliertes Fichtenholz aus dem geöffneten Hemdkragen schimmerte.

Indem ich noch darüber nachgrübelte, wer oder was das wohl sei, und mir allmählich dämmerte, daß ich es selbst war, der mich da aus dem Spiegel anblickte, klopfte es wieder. Ich dachte schon, K. hätte etwas vergessen, doch als ich öffnete, war niemand da.

WOLFGANG HILBIG

Weihnachtswald

Matthias wußte, wenn die Welt unter dem weißen Winterhimmel sich weiß färbte, mit tausend und einer Spielart von Weiß, und darin wunderbar gestillt erschien, daß er sich einig war mit der Natur, daß eine gnadenreiche Hand über ihn gehalten war. Und sein kühles Blut strömte leiser, es strömte kaum merklich, es war ein Friede in ihm, dessen Glanz die winterlichen Nachtgestirne ebenso wunderlich widerstrahlen ließ wie die Schneewolken, die über dem Erdboden gebettet waren.

Der Winter war auch Bedingung für die dritte seiner unschuldigen Leidenschaften. Diese bestand in der Lust, lange nächtliche Spaziergänge zu unternehmen, wenn die Umgebung der Stadt mit Schnee bedeckt war. Besonders in den nahen Wald trieb es ihn, er wanderte durch die blauen Schatten der Schneefelder, die in der Nacht ihr Schweigen verströmten, er kam an den Hügeln vorüber, wo die schwarzen Stämme über dem weißen Grund noch eine zweite weiße Decke emporstemmten; die Baumkronen waren niedergedrückt von der weichen Last, die ihnen ein wärmender Mantel war.

Eigens für diese Streifzüge hatte er lange in der Stadt nach einem passenden Kleidungsstück gesucht, aber nichts gefunden. In Farbe und Machart nämlich sollte es einem Stück gleichen, das ihm vor langer Zeit von Mutter und Großmutter geschenkt worden war und das er damit besonders lieb gewonnen hatte. Da es aber nichts ähnliches gab, hatte er einen Tuchmantel erstanden, der weit und eigentlich hinderlich war, im Grunde auch zu dünn, nur war es möglich, Wollsachen oder dicke Jacken unter ihm zu tragen. – Das Weihnachtsfest war ihm der eigenste, endlich sogar der einzige Anlaß zur Feier im ganzen Jahr, über alle Maßen bewog es ihn, in sich zu gehen; so fern er sonst auch von aller Zeitrechnung lebte, den vierundzwanzigsten Dezember versäumte er nie. In jedem Jahr holte er sich eine kleine Tanne in die Wohnung, schmückte sie mit einigen Kerzenlichtern, die er am Abend dieses Tages anzündete. Lange saß er traumverloren unter dem Baum, bemerkte gar nicht, wie es gänzlich dunkel wurde, so schätzte er sich als den glücklichsten Menschen, empfand beinahe Mitleid mit jenen, die der Hast und dem Lärm des Alltags in der Stadt frönten; einmal dann, wenn er zum Fenster sah, erkannte er einen bedeutenden, in vornehmem Silber blinkenden Stern in dem dunklen Himmel, der hinter dieses Leuchten besonders weit zurückzutreten schien, das Licht der übrigen Flitterfunken mit zurücknehmend – dies war ihm Zeichen, das Haus zu verlassen und zum Wald hinüberzuwandern. – Unendlich, glaubte er, habe er schon gesessen und auf den Stern gewartet, manchmal fast im Zweifel, ob er nicht durch die Fensterscheibe, die zur Hälfte gefroren war und wie feinstes Kristall glitzerte, getäuscht worden sei. Schließlich aber erstrahlten die oberen Wirbel dieses eisigen Zierats in einem so milden Glanz, daß ihm die Zeit untrüglich herangerückt war, gemächlich, wie es seiner Art entsprach, erhob er sich, um einen dunkelroten, mit teurem weißem Pelz besetzten Kindermantel aus dem Schrank zu nehmen und ihn unter den Weihnachtsbaum zu legen. Derselbe war das Geschenk der beiden Frauen, der Mutter und der Großmutter, als sie noch hier im Hause gelebt hatten, in der schlechten und hungrigen Zeit nach dem Kriege hatten sie ihn auf schwierigen, verzweigten Wegen besorgt und ihn am Heiligabend damit überrascht. Beim Anblick des kostbaren Stückes war seine Freude unbeschreiblich gewesen, er hatte die Frauen umarmt und wollte den Mantel sofort probieren. Wie groß aber war seine Enttäuschung, als der nicht paßte, die Frauen waren betrogen worden, er war zu kurz, zu eng, zu klein, bei Lichte besehen, wirkte er in jeder Weise verschossen. In großer Wut war er aus der Wohnung gestürzt und hatte die Türen wuchtig hinter sich zugeschlagen, er war in den Wald gerannt, wo er heulend und tobend umherirrte, die unglücklichen

Frauen in großer Angst über die lange Nacht in dem Zimmer allein lassend. Gegen Morgen erst war er, vor Kälte erstarrt, zurückgekehrt und hatte den weinenden Frauen erklärt, daß er, da sie offensichtlich dazu nicht in der Lage seien, von diesem Tag an für seinen Unterhalt selber sorgen werde. – Fürwahr, schon damals war er zu ganzer Größe gereift, das winterliche Blut in seinen Adern hatte ihm frühzeitig seine endgültige Gestalt verliehen, der Irrtum der Frauen, die ihm einen Kindermantel gekauft hatten, erschien ihm erst heute, nach ihrem Tode, verzeihlich. – Jedes Jahr nun, seit die Frauen nicht mehr da waren, legte er zu Heiligabend den Mantel auf seinen Platz unter die festliche Tanne und ging aus der Wohnung. Es war ihm dann immer, als ließe er die Frauen, wie je in der bewußten bösen Stunde, allein zurück, nur fiel ihm nicht mehr ein, ihnen zu fluchen, verabschiedete sich freundlich, durch einen scherzhaften Klang die Erinnerung ihnen nicht zu heftig werden zu lassen, sagte er, bald bin ich zurück – er neigte seit langem dazu, mit sich selber zu reden –, bald bin ich zurück, also ängstigt euch nicht. Es gibt, sprach er, gar keinen Grund, der mich von euch für immer trennen kann. [...]

An all das dachte Matthias, als er durch den Schnee schritt, dem Gehölz zu; der Wald vor ihm war in zwei große, gleichförmige Hügel geschieden, wie immer aber vermied er den Weg, der zwischen ihnen hindurch führte, er umrundete sie, um einen anderen Eingang zu finden. Es war eine Nacht, wie er sie sich erhofft hatte, von einem schwachen Wind wurde ihm ein leichter Schneefall entgegen geweht, durch den hindurch, es schien ihm so, jener besondere Stern dennoch zu leuchten vermochte. Als der Schneefall aufhörte, sah er unter einem Wolkenrand den Schweif eines Kometen durch den Himmel streichen, es war wie ein bedeutsames Signal, selbst der Wind stillte sich, und in einer unvermuteten Richtung erschien ein voller Mond, der die Ebene im Nu verzauberte.

Es konnte sein, daß der Flug dieses Kometen in seinem Rücken auf den aufgehenden Mond hingewiesen hatte, aber

Matthias schaute nicht nach dieser Stelle, es war, als befände er sich wieder auf der schmalen Brücke, auf der man sich nicht wenden durfte; wiewohl der Mond im Himmel geduldet war und von demselben seine Schönheit empfing, war er doch ein heidnisches Licht, von den Kometen hingegen hieß es, sie verlangten, daß man einen Wunsch habe, wenn aber nicht, könnte es schlimm ausgehen – Matthias wünschte ja doch nichts, denn er besaß alles, er besaß die Jugend eines Seligen, alle Dinge des leiblichen Bedarfs bezog er aus Amerika, aus dem weißen Amerika, dessen gleißender Schein vielleicht sogar dem Mond dieser Nacht das Licht spendete. Matthias stand ganz unter dem Schutz eines Onkels aus jenem fernen Erdteil, eines ihm völlig unbekannten Onkels, der womöglich auch sein Vater war.

Strauchwerk schlief unter Bergen von Schnee, die Schneehäupter der Bäume glänzten, die beinahe kreisrunde Fläche eines kleinen eisbedeckten Sees, der sich in eben jene Bucht eindrängte, durch die die beiden Waldhügel voneinander getrennt waren, überzog sich mit einem bleichen orangeroten Widerschein, nur in der Mitte der Eisdecke, wo es noch einige Flecken von schwarzem Wasser gab, blinkte und irisierte es, als spiegele sich dort die Heerschar der Planeten. Die Höhe war nun dicht bedeckt von silberner Sternensaat, in der vormals leblosen Eisfläche zeigte sich plötzlich, wie das Grau der Nacht die edelsten Metalle zu bergen schien, schimmernder Rauch, der von den Eisrüstungen aller Formen aufstieg, verband sich mit einem Himmel, der ebenfalls ein durchsichtiger Rauch war. Matthias hatte den See umgangen, ohne die starre, ebene Glätte recht wahrgenommen zu haben, nach Art eines Schlafwandlers eilte er unter dem Schatten, den die hohe Böschung des einen Hügels warf, hindurch; er fühlte, in diesem Dunkel konnte er nicht gesehen werden. Als er es verlassen hatte, zweifelte er, ob er nicht den Weg auf der gegenüberliegenden Seite des Sees genommen hatte, oder ob nur das Eis mit seinem zwielichtigen Glänzen ihn geblendet hatte, daß er, wie auf dünnen dunklen Pfaden in der Luft gehend, seiner selbst nicht mehr inne war. –

Als er aber den Wald betrat, kannte er wieder jede Strecke, jede Windung. Hier stand das Gehölz noch gelichtet, dennoch war die Luft ohne die Schärfe, die er draußen auf dem Feld in eisigen Bissen an Kinn und Wangen verspürt hatte. Hohe Birken säumten den Weg, ihr wirres Astwerk am Himmel, all ihr dünnes Gezweig war von Rauhreif besetzt, es war eine starre, knisternde Wunderwelt, feine Netze, zartes Nebeldickicht, nur schwach aus dem Halbdunkel darüber herausgehoben. Die weißen Stämme, nah am Wege, zeichneten sich ab von der Düsternis anderer Bäume, die darüber dichter und dichter aufwuchsen. Es war, als werde von der Helligkeit der Birken ein durchsichtiger Vorhang gezogen, vor der tausendmal älteren, wahren Stärke des Waldes, die sagenhaft und unerforschlich war.

Vorsichtig, doch ohne sich aufzuhalten, setzte er die Füße unter diesem, ihm heimischen Tunnel der Birkenkronen, und der Schnee knirschte. Es war das einzige Geräusch im Walde, und es war vernehmlicher geworden, die frische Schneedecke gefror in dem Frost. Einmal glaubte Matthias, die Beine nicht mehr zu spüren, er war in früheren Jahren ebenso unsäglich lange gewandert wie heute, die Wege aus all diesen Jahren hatten sich übereinander geschichtet, sie deckten sich genau mit den Biegungen und Verzweigungen des jetzigen Weges, die er vollkommen sicher auch mit geschlossenen Augen hätte gehen können, seine Fußspur hinter ihm war im Schnee dieser zahllosen Winter immer tiefer geworden, immer tiefer grub sein Schritt sich ein in den Wald, oder es war der Wald um ihn in eine andere Höhe gewachsen; manchmal, wenn er zurückschaute, hatte er hinter sich diese einsame Reihe schwarz schimmernder Stapfen erblickt, eine unwirkliche Geisterspur, die nach einem bloßen Augenblinzeln unverhofft verschwunden sein konnte. Irgendwann plötzlich war diese Fährte für immer fort. Wie Matthias in seiner Jugend, so änderte auch sein schweigsames Naturreich sich nie; dies alles war ihm so bekannt, daß es schon schemenhaft wurde, Gewohnheit trübte ihm den Blick, dann aber verflog die feste, dichte Phalanx der Bäume, mondbeglänzte Lichtungen taten sich auf, dunkle Flecken lagen dort wie lebende Wesen, mit der Luft froren die Gebüsche in Anhäufungen von Nebel zusammen, die wunderliche, stufenförmige Hügelketten bildeten; Hindernisse, auf die er trat, brachen zusammen wie dünne Krusten, unter denen aufstiebender Lichtstaub hervorquoll, es sah aus, als ob es wieder zu schneien begänne, obwohl der Mond noch sichtbar war – die große helle Scheibe durchkreuzt von einigen schwarzen Zeichen, verdorrten Baumästen.

An dieser Stelle gab es, er hatte sich nicht getäuscht, den Eingang zu einer langen Schneise, die einen kürzeren Rückweg versprach. Sie führte direkt zwischen den beiden Hügeln hindurch zum See hinab, ein Weg, den er seit Jahren nicht benutzt hatte, aber es wurde jetzt schnell kälter, er fühlte den Frost unter den Kleidern, und, wenn die Witterung nun umschlug, wenn es zu schneien begann, würde das Mondlicht verlöschen, es würde tiefe, stockdunkle Nacht eintreten. Also beeilte er sich, fast geriet er außer Atem; Dämpfe, die seinen Mund verließen, vereinigten sich mit dem sichtbar gewordenen Rauch, der vom Waldboden aufstieg, nun war Bewegung um ihn, die Bäume, die Hügel ächzten, als sänken schwere Lasten auf sie, der Mond spann gespenstige Fäden und Gewebe, es war sein eisiges Licht, über Massen gefrorener Luft hingegossen.

Von früher her wisse er noch, bildete er sich ein, grob gesehen habe der Grundriß der Schneise etwa die Form eines riesenhaften menschlichen Schattens gehabt. So war das rechte Bein dieser durch das Schlagen bestimmter Hölzer zufällig entstandenen Figur der nächstgelegene Ausgang aus dem Wald, nämlich der Weg, der zwischen den beiden Hügeln hindurch zum See hinunterführte; wenn dies noch so war, befand sich Matthias augenblicklich im *Kopf*, einer runden Lichtung, die von vielen Leuten der Stadt auch wirklich so genannt wurde; als er diese Fläche aber überquerte, um den Hals, ein kurzes schmales Stück, durch das man anschließend hindurch mußte, zu finden, gebot ihm – die Birken blieben zurück – eine schwarze, undurchdringlich aussehende Mauer von Nadelgehölz einen plötzlichen Halt. Dicht stehende Tannen und Kiefern, dazwischen gräßliche alte Lärchen, strebten in Höhen hinauf, wo ihre Spitzen schon wie unsichtbar wurden, im Halbkreis umgab ihn diese Wand, fast, schien es, werde sie ihn noch ganz umschließen, aber es waren wohl nur die entschwindenden Nebel, der Frost, der die Atmosphäre mit einem Mal durchsichtig sein ließ; ein seltsames Pfeifen durchdrang die Stille, er erschrak, bemerkte aber, daß sein eigener Atem mit diesem Ton aus der Lunge fuhr. Gerade noch wogten Wolkenfetzen vor der Tannenwand auf und nieder, da senkte sich schon ein unvermittelter Schneefall durch das matter werdende Licht der Schneise, schräg vor den Schatten der Bäume, die er einst, als Jüngerer, noch überragt hatte ... sie waren maßlos gewachsen. Plötzlich starrten ihn aus der Schwärze hinter dem Flockengestöber weiße Kreuze an ... Fensterkreuze in einer düsteren Mauer, jemand rief Worte gegen diese Fenster, er selbst war es, der flehentlich aufgeschrien hatte, die Fenster wurden unerbittlich, abweisend geschlossen ... hinter ihm war eine Bewegung, unhörbar ein Schreiten über die Schneedecke, er fuhr herum und stürzte dabei zu Boden, liegend sah er sich selber davon gehen, hastig, doch irgendwie auch zögernd, da war die Gestalt einer Frau, die vor ihm mehr schwebte als wandelte, eine weiße Gestalt in wehendem, durchsichtigem Umhang, es war seine Mutter. Halb richtete er sich auf im Schnee, die weiße Gestalt wandte sich ihm zu und winkte, er seinerseits, den Arm, der fast zerspringen wollte, ebenfalls hebend, fühlte sich zu Eis erstarren, er rief nach ihr, doch ohne einen Laut, und sie, deren Mund den gleichen Buchstaben formte wie Matthias, streifte ihr Gewand ab, das eher ein hauchfeiner Schleier war, um es ihm zu reichen. Es war ihm unmöglich, den Arm noch weiter danach zu recken, alles um ihn war gläsern, zu sprödem Glas gefroren, das zerbrochen wäre. Seine Mutter war jung, jugendlich, weitaus jünger als er, ohne den Schleier war sie nackt und von vollkommener Schönheit, barfuß über den Schnee schwebend, waren ihre Brüste im Nu gefroren, eisige Zapfen, ihre Lenden durchscheinend, ihr Schoß funkelnd von kristallisierten Tropfensternen, und Matthias erkannte, daß die Frau seine Großmutter war, jünger noch, schöner noch als vordem, zart und dünn ihr kindlicher Körper, in frostigem Rauch flogen die Frauen davon ... oder sie waren verwandelt, da drüben in ein junges, reifbedecktes Birkengebüsch, hinter dem, halb nur sichtbar, drei drohende uralte Baumriesen standen. Durch das sprühende, auf und niederschnellende Birkengebüsch brach eine Schar von Kindern, winzige hingekauerte Menschengebilde, Atem auf einem Spiegel nur, Körper geformt aus dem Material einer helleren Luft, aber es war eine nicht enden wollende Schar, wahrscheinlich alle geflügelt, und er wünschte sich wild, wohnen zu können in der Gestalt eines dieser Kinder, und sei es nur einen Augenblick ... [...]

PETER STAMM

Marcia aus Vermont

Ich musste an Marcia denken, daran, wie ich sie vor vielen Jahren an Weihnachten kennengelernt hatte. Ich war damals noch sehr jung und voller Ambitionen nach New York gekommen. Aber nach einem Jahr war mir das Geld ausgegangen, ohne dass ich irgendetwas erreicht oder sich auch nur etwas geklärt hätte, und ich hatte meine Eltern bitten müssen, mir Geld für den Rückflug vorzustrecken. Sie hatten sich gewünscht, dass ich schon für die Feiertage heimkomme, aber wohl aus Trotz hatte ich einen Flug Anfang Januar gebucht. Weihnachten feierte ich mit einem befreundeten brasilianischen Ehepaar und ihren Kindern in Queens, die ich, ohne es zu ahnen, an jenem Tag zum letzten Mal sah. Ich erinnere mich nicht an die Feier, aber sie muss am Mittag stattgefunden haben, denn als ich das Haus meiner Freunde verließ, war es noch nicht dunkel.

Ich war etwas beschwipst und entschied mich, zu Fuß zu gehen. An einer Straßenkreuzung hielt ich an, um mich zu orientieren. Ich nahm mir eine Zigarette, da sprach mich eine junge Frau an und fragte, ob ich für sie auch eine hätte. Als ich ihr Feuer gab, hielt sie ihre Hände schützend um meine, eine zärtliche kleine Geste, die mich berührte. Sie schaute mir in die Augen und lächelte. Heute sei ihr Geburtstag, sagte sie, wenn ich zwanzig Dollar hätte, könnten wir ein paar Sachen kaufen und eine kleine Feier machen.

»Es tut mir leid«, sagte ich, »ich habe nicht so viel bei mir.«

Sie sagte, das sei egal, ich solle hier auf sie warten. Sie gehe einkaufen und komme gleich wieder.

»Seltsam, dass du Weihnachten Geburtstag hast.«

»Ja«, sagte sie, als habe sie daran nicht gedacht, »das ist wahr.«

Sie ging die Straße hinunter, und ich wusste, dass heute nicht ihr Geburtstag war und dass sie nicht zurückkommen würde. »Warte«, rief ich und war mit ein paar schnellen Schritten wieder bei ihr.

Sie kaufte ein wie jemand, der hungrig ist, kalorienreiche Lebensmittel, immer die billigsten Marken, dafür große Packungen, kein Gemüse, keine Früchte. Am Anfang zählte sie noch die Preise zusammen, nannte die Summe und schaute mich an. »Ist schon o. k.«, sagte ich schließlich, »ich habe noch ein paar Travellerschecks.« Ich legte eine Flasche billigen Whisky in den Einkaufswagen. »Ein bisschen Spaß muss sein.«

Die Wohnung lag in einem heruntergekommenen Haus in einer düsteren Seitenstraße. Wir mussten vier Stockwerke hochgehen. Es roch seltsam im Treppenhaus, aber noch seltsamer war die Stille im Haus. Nicht einmal die Geräusche von der Straße waren zu hören, nur das Knarren der Holztreppe, das so laut war, als könne sie jeden Moment einbrechen.

In der Wohnung war es dunkel und kalt. Wir aßen in der Küche, ohne unsere Mäntel auszuziehen, Toastbrot mit Erdnussbutter und Truthahnaufschnitt. Erst als die Frau satt zu sein schien, stand sie auf und zog den Mantel aus. Sie trug ein enganliegendes schwarzes Kleid, das weder zum Ort noch zum Anlass passte, und schaute mich mit einem halb herausfordernden, halb traurigen Blick an. »Es muss nicht sein«, sagte ich. »Schließlich ist Weihnachten.«

»Bist du ein Heiliger?«, sagte sie. »Das würde mir fast noch mehr Angst machen.«

»Ich habe zu viel getrunken«, sagte ich. Sie grinste. »Das hätte ich auch, wenn ich es mir leisten könnte.«

»Du hast doch Geburtstag«, sagte ich. »Stimmt«, sagte sie, »das hätte ich fast vergessen.«

Ich kann mich nicht mehr an Marcias Haar- oder Augenfarbe erinnern, weiß nicht mehr, ob sie groß oder klein war, schlank oder füllig. Trotzdem habe ich das Gefühl, ich würde sie erkennen, wenn sie mir noch einmal auf der Straße begegnete. Sie hatte eine Selbstsicherheit und Unverblümtheit, die mich beeindruckte und zu ihr hinzog.

Wir lagen zusammen im Bett. Die Decke war nur dünn, und ich drängte mich eng an sie, weniger aus dem Bedürfnis, ihr nah zu sein, als um nicht zu frieren. »Ich mache das sonst nicht«, sagte sie und fing plötzlich an zu lachen. »Dir ist das vollkommen egal, was? Aber ich mache das sonst wirklich nicht. Weihnachten ist der traurigste Tag des Jahres, und ich bin gerade etwas knapp bei Kasse und wollte nicht auch noch hungrig ins Bett gehen.«

Der Whisky hatte sie gesprächig gemacht und ein bisschen sentimental. Sie erzählte mir von ihrer Familie in Vermont, die sie seit Jahren nicht gesehen hatte, von ihrem Bruder, ihrem kleinen behinderten Bruder, wie sie ihn nannte.

»Das meinst du jetzt nicht im Ernst«, sagte ich. »Das klingt wie eine dieser schrecklichen Weihnachtsgeschichten. Du schläfst mit mir, um Geld für seine Medikamente zu verdienen. Und am Schluss sitzen wir alle zusammen, du und ich, deine Eltern und dein kleiner behinderter Bruder um einen ärmlichen Weihnachtsbaum und singen ›Stille Nacht‹.«

»Mein kleiner behinderter Bruder ist schon lange tot«, sagte sie, »und mein Vater ist reich, und ich habe nicht die Absicht, dich ihm vorzustellen.«

Wir schwiegen eine Weile. »Heißt du wirklich Marcia?«, fragte ich. »Ich dachte, so heißen nur Leute im Fernsehen.«

»Warum nicht?«, sagte sie. Wieder sagten wir nichts, dann fragte Marcia, was meine seltsamsten Weihnachten gewesen seien. Ich ahnte, dass sie schon viele seltsame Weihnachtserlebnisse gehabt hatte und mir die Frage nur stellte, um davon zu erzählen. »Marcia aus Vermont«, sagte ich. »Vielleicht bist du mein seltsamstes Weihnachtsgeschenk.«

Ich zündete jedem von uns eine Zigarette an. Marcia lehnte sich über mich, um unsere Gläser zu füllen. Ihre Brüste streiften meinen Arm. »Ich habe schon schlechteren Whisky getrunken«, sagte sie. Ich zog sie auf mich. »Was ist denn das?«, fragte sie und lachte.

Ich musste geschlafen haben. Es war stockdunkel, und ich hatte keine Ahnung, wie spät es war. Marcia war immer noch wach, aus der Dunkelheit hörte ich ihre Stimme ganz nah an meinem Ohr, als habe sie nie aufgehört zu reden. »Sag schon, was waren die seltsamsten Weihnachten, die du je erlebt hast?«, fragte sie noch einmal, als sei es eine wichtige Frage, als hänge alles von meiner Antwort ab. »Womöglich habe ich meine seltsamsten Weihnachten noch gar nicht erlebt«, sagte ich. »Es ist das erste Mal, dass ich die Feiertage nicht mit meiner Familie verbringe.«

»Vielleicht wird dir das eines Tages seltsam vorkommen«, sagte sie. »Und du?«, fragte ich und tastete mit der Hand nach ihr. Trotz der Kälte im Raum war ihr Körper so warm, als habe sie Fieber. »Komm ein bisschen näher«, sagte ich und zog sie an mich. »Bist du nicht müde?«

»Ich schlafe nie«, sagte sie. Ihr Lachen klang halb belustigt, halb unheimlich.

»Und deine Eltern sind wirklich reich?«, fragte ich.

»Unermesslich reich«, sagte sie.

Ich stand auf und wankte durch den dunklen Raum in den Flur und zur Toilette, in der es noch kälter war als im Schlafzimmer. Als ich zurückkam, hatte Marcia einen Kerzenstummel angezündet, der auf einem Unterteller neben ihrem Bett stand. Sie lag auf dem Rücken und schlug die Decke zurück. »Komm«, sagte sie, »diese Frau braucht sehr viel Liebe.«

Ich hatte nicht den Eindruck, dass Marcia viel Liebe brauchte. Es war ein stummes Ringen, sie wand sich in meinen Armen, umklammerte mich, aber ich hatte trotzdem immer das Gefühl, als sei ein Teil von ihr nicht bei der Sache oder besser, als beobachte sie uns wie ein wachsames Tier, während wir miteinander schliefen. Sie saß auf mir, drückte mich aufs Bett und schaute mich an. Ich wunderte mich, wie stark sie war. Marcia lachte. »Da, wo ich herkomme, müssen Frauen stark sein.«

Die Kerze leuchtete für einen Moment etwas heller und erlosch dann mit einem leisen Zischen. Wir lagen wieder in völliger Dunkelheit. Im letzten Licht schien Marcias Gesicht aufgeleuchtet zu haben, und ihre Züge waren für einen Moment ganz weich geworden, als sei ihr etwas eingefallen oder als erinnere sie sich an einen glücklichen Moment. Sie legte ihren Kopf auf meine Brust und sagte: »Früher haben wir Weihnachten die tollsten Feste gefeiert.«

Marcias Vater war Zeitungsverleger, aber die Familie war schon in früheren Generationen reich gewesen, ich weiß nicht mehr, woher das Geld kam, ob Marcia es mir überhaupt erzählte. Sie war in Burlington aufgewachsen und zur Schule gegangen, aber die Ferien und Feiertage hatte die Familie in einem kleinen Dorf in den Green Mountains verbracht, in einer alten Getreidemühle an einem Fluss. Sie hatte einen Bruder, der ein paar Jahre jünger war als sie und unter einer leichten Behinderung litt. Als er fünf oder sechs Jahre alt war, kam er durch ihre Schuld ums Leben. Sie hätte auf ihn aufpassen sollen und hatte stattdessen gelesen oder war eingeschlafen, ich weiß es nicht mehr. War er im Fluss ertrunken oder irgendwo heruntergefallen? Oder bilde ich mir das alles nur ein, und er war an seiner Krankheit gestorben? Ich weiß nur noch, dass Marcia immer lachte, wenn sie über traurige Dinge sprach.

Sie erzählte mir ihr halbes Leben in jener Nacht. Ich erinnere mich nicht, ob ich auch von mir erzählte, ob ich von meinen Ambitionen sprach, von meinen Versuchen und Niederlagen. »Viele wollen Künstler sein«, sagte ich, »es hat nichts zu bedeuten.«

»Mein Freund ist Schriftsteller«, sagte Marcia.

»Du hast einen Freund?«, fragte ich erschrocken.

»Manchmal«, sagte Marcia.

Weihnachtshaus

Vierundzwanzigster Dezember, Heiligabend. Ich wache früh auf, Heiligabend legt diese Aufregung auf mich, ein Gefühl zwischen Verweigerung und Freude. Angst hat sich dazugemischt, seit Clemens nicht mehr da ist. Eine zwar kleiner gewordene, aber wiederkehrende Angst, die ich erst nach Weihnachten abstreifen kann. Mittags klingelt Lilli an der Tür und sagt, wir sollen uns warm anziehen. Sehr warm anziehen. Sehr, sehr warm anziehen. Ich frage nicht, ziehe Skiunterwäsche aus den Schränken, dicke Wollsocken, die ganze Palette unserer Outdoorkleidung, Skihosen, Moonboots. Du brauchst nichts mitzunehmen, nur deine Geschenke, sagt Lilli. Für Luis und Elsa hat sie wie jedes Jahr Kronen gebastelt, goldene Kronen mit bunten Steinen, sie setzt Luis seine Krone auf, nimmt sein Gesicht zwischen die Hände und sagt, du siehst aus wie ein herrlicher König, der einem Stern folgt und eine Krippe sucht.

Wir fahren aus der Stadt Richtung Süden, wir fahren nach Kirchzell hinaus, Lilli sagt, du wirst sehen, ich mache es möglich, Bill kann bleiben, ich finde einen Weg, irgendeinen Weg finde ich, über die Gemeinde, über meinen Vater, irgendeinen Weg finden wir für Bill. Damit er nicht zurück muss in seine Hurrikanlandschaft, in seine hauslose Hurrikanlandschaft ohne Familie.

In unserem Haus brennt Licht, ich höre Stimmen. Eddie und Katja sehe ich, in dicken Mänteln, Mützen und Schals. Sie sehen aus wie Polarforscher auf ihrer Forschungsstation. Als würden sie unser Klima ausmessen, Staubpartikel zählen, die Veränderung von Magnetfeldern oder den Lebensraum von Eisbären in Statistiken gießen. Ich sehe Eddies Mutter. Eddies und Clemens' Mutter. Ich sehe Clemens' Gesicht in ihrem. Ich habe es mir nicht verboten. Die Kinder laufen auf sie zu, umschlingen sie. Sie lacht und sagt, wenn ihr nicht an die Küste kommt, komme ich zu euch. Sie umarmt mich lange und zeigt zum Tisch, zwei Türen auf Böcken, Bill und Lillis Vater haben ihn gedeckt, keine Elektrik, keine Lichterketten, nur echte Kerzen, dicke rote und weiße Kerzen, sie müssen aus Eddies Laden sein, nur er verkauft solche Kerzen. Ich rechne schnell durch, für zehn ist gedeckt, zu zehnt sind wir, so wie ich es mir immer ausgemalt habe. Zehn Leute mit festen Plätzen, die sich beim Sitzen nicht an den Ellbogen stoßen – nein, kein Ellenbogentippen bei Tisch.

In einem Eimer mit Sand hat Bill einen Baum aufgestellt, der diesen Duft verbreitet: Wald, Odenwald, Gipfelhöhe, Himmelsnähe. Ein fast deckenhoher, saftig-grüner, von Moos und Wald sprechender, von Farn und Unterholz grüßender Baum, den keine Heizungsluft austrocknen wird. Bill hat ihn mit Brenner und Hallstein transportiert. Er hat sie davon überzeugt, dass wir an Heiligabend hier dringend einen Baum brauchen. Brenner und Hallstein wundern sich bei Bill bestimmt über nichts mehr. Also werden sie sich auch nicht über einen Baum gewundert haben, der an Heiligabend in unserem unfertigen Haus stehen soll – das jedoch so an Gestalt gewonnen hat in den letzten Wochen, dass wir Heiligabend darin verbringen. Bill hat ihnen am Morgen Geschenke gebracht. Kleinigkeiten für ihre Kinder, Malbücher, Stifte. Für Brenner einen Zollstock, weil er seinen ständig verlegt. Einen grellroten Zollstock, gut sichtbar. Wenn Bill hier war, ging er jedes Mal die Strecke zu ihren Häusern hoch, quer durch den Wald, dann das kurze Stück an der Straße. Kein Tag ist vergangen, an dem er das nicht getan hätte.

Claire hat im Grünen Baum Essen bestellt, das auf Stövchen steht, die mit einer Gaskartusche verbunden sind. Eddie und Katja haben den Rest gebracht, alles, was nicht warmgehalten werden muss, Delikatessen aus ihrem Hofladen. Tomatenpesto, Auberginenpesto, Pflaumen- und Birnen-Chutney, Preiselbeermarmelade, frisches Brot mit Walnüssen. Bevor wir uns setzen, schlägt Lilli mit einem Löffel gegen ihr Glas. Sie sagt, in diesem Advent ist jemand in unser Leben gekommen, der unserem Haus ein Gesicht gegeben hat. Nicht nur Fenster und ein Dach, sondern ein Gesicht. Bill schaut zu Boden und sagt, er bleibt, bis das Haus fertig ist, sein Geschenk an uns, sein Weihnachtsgeschenk. Hier, bitteschön, eure Bescherung, sagt er, und ich muss in diesem Augenblick an den Himmel denken, unter dem seine Vorfahren standen und um ein gutes Jahr gebeten haben. Ich kann für mich sagen, ja, es war ein gutes Jahr, dieses ausklingende, ausgehende Jahr war ein gutes. Bill sagt, er wird so lange bleiben, bis wir unser Haus an den Wochenenden füllen können, hinausfahren, sobald das Café geschlossen ist, uns an den Samstagabenden vors Haus setzen, auf Obstwiese und Wald schauen und die Mücken von unseren Armen streifen. Das könnte nächsten Sommer sein, fährt er fort, Sonntagmorgen könntet ihr hier aufwachen und die Kirchenglocken von Kirchzell, Ottorfszell und Breitenbach hören, die sich hier vermischen.

Später flüstere ich Lilli zu, es ist zu kalt, um hier zu schlafen, wir dürfen es Bill nicht erlauben. Aber Lilli wehrt ab, sie hebt die Hände, schüttelt den Kopf und wehrt meine Einwände ab. Sie deutet auf einen Stapel Decken und Matten in einer Ecke, einen dicken Schlafsack. Bill ist vorbereitet, über Nacht zu bleiben. Vielleicht hat er über Wochen Decken und Matten gesammelt, um an Heiligabend hier schlafen zu können. Vielleicht wird er auch nicht schlafen. Vielleicht ist schlafen gar nicht das, was er heute tun möchte. Vielleicht ist schlafen in dieser Nacht Zeitvergeudung, Verschwendung von Zeit, ein nutzloses, achtloses Vertun von Zeit. Vielleicht will er sich in Decken hüllen, seine Plastikblumen in Sichtweite aufstellen, seinen Blick hinaus zur Obstwiese schicken und zum samtigen Weihnachtshimmel darüber.

Weit nach Mitternacht brechen wir auf und gehen hinab zur Straße. Lilli hat den Kofferraum geöffnet, unsere Dinge eingeladen. Eddie und Katja haben alles zusammengepackt, das schmutzige Geschirr in einer Wanne zum Auto getragen, wir haben Katja und Eddie umarmt und ihnen hinterhergewinkt, Eddie hat die Fenster herabgelassen und Frohe Weihnachten! gerufen. Dann hat er den Warnblinker eingeschaltet, bis sie an der Ecke abgebogen und wenig später hinter dem Wald verschwunden sind.

Ich sage zu Lilli, warte, lass uns stehen bleiben, lass uns noch einen Augenblick stehen bleiben, lass uns nicht gleich fahren. Es ist kalt. Mir ist kalt. Jetzt, nach Stunden, spüre ich die Kälte. Ich werfe die Arme um mich selbst und steige von einem Fuß auf den anderen. Die Kinder haben die Kapuzen aufgezogen, schmiegen sich an Clemens' Mutter. Der Himmel zeigt sein bestes Wintergesicht. Hell leuchtende Nacht. Das Universum schickt seine Grüße. Mir und den Kindern. Nein, ich will keinen großen Gedanken denken, keinen zu großen, keinen so großen Gedanken, dass ich ihn wegen seiner Größe nicht aushalten könnte. Aber Claire hakt sich bei mir unter, Lilli legt den Kopf in den Nacken und sagt, schaut mal alle, seht mal alle her, Gott über uns, da ist er. Alle schauen hoch. Luis fragt, wo? Und ich denke, Clemens sendet seine Grüße. Weihnachtsgrüße. Heiligabendgrüße. Grüße an seine Kinder. Grüße an mich. Es tut gerade nicht weh. Nichts tut gerade weh.

Wir gehen ein paar Schritte zurück Richtung Haus, um es noch einmal anzusehen. Lilli legt den Arm um mich, die Kinder laufen ihren Atemwolken nach, hüpfen, springen, jagen sich, sie sind nicht müde, kein Fünkchen müde, heute Abend haben sie kein einziges Mal gegähnt. Wir bleiben stehen und schauen durchs Fenster. Durch das Fenster, das Bill eingesetzt hat. Ein großes, bodentiefes Fenster in einem Holzrahmen, so wie ich es mir all die Jahre ausgemalt hatte. Bill hat das Radio angestellt, ein kleines batteriebetriebenes Radio, das Brenner und Hallstein gehört. Bill tanzt. Ich sehe Bill tanzen. Ich kann sehen, wie er die Arme hebt. Er dreht sich, zieht seine Bahn durch den Raum, der allein ihm gehört. Ich kann ihn mitsingen hören. *So here it is Merry Christmas, everybody's having fun. Look to the future now it's only just begun,* klingt es aus unserem Haus – die Zukunft hat soeben begonnen, klingt es aus unserem halbfertigen Haus, in dem wir gerade Heiligabend gefeiert haben. Soeben hat die Zukunft begonnen. Ich sage laut, frohe Weihnachten, Bill. Dir, lieber Bill, frohe Weihnachten. Ein Vogel flattert über uns auf. Ein Vogel, zu dem Bill vielleicht schon einmal gesprochen hat, so ein bird of the singing kind. Wir drehen uns um und gehen.

III

»Und dann kann Ostern kommen«

DIETER FORTE

Deutsch-englischer Weihnachtskarneval, Düsseldorf 1945

Der Major wollte, gutmütig wie er war, von edlen Gedanken wie *Demokratie* und *Völkerfreundschaft* beflügelt, unbedingt allen eine »Schön schön deutsch deutsch Weihnak« bescheren, und alle waren Heiligabend damit beschäftigt, den Befehl in die Tat umzusetzen. Maria schmückte einen deutschen Weihnachtsbaum, Frau Major baute daneben einen Berg Geschenke auf, Friedrich spazierte mit einer Leiter von Raum zu Raum und mußte seltsamerweise eine Silvesterdekoration anbringen, Girlanden und Luftschlangen, er verteilte Knallbonbons auf die Tische, Gustav wurde beauftragt, auch das irritierend, aus Kisten von Rhein- und Moselweinen in einer gewaltigen Glasschale eine Bowle anzurichten, Fin und Elisabeth kochten unter Anleitung Marias, die überall war, ein deutsch-englisches Weihnachtsessen. Jeder gab jedem Befehle, die der andere auslegte, wie er gerade wollte, das Durcheinander nahm aber Gestalt an, nur der Major fehlte noch. Er wurde rechtzeitig vor den ersten Gästen, in strammer Haltung auf einer Tragbahre liegend, vom Kasino abgeliefert, brüllte, als hätte er eine Kompanie vor sich: »Schön schön deutsch deutsch Weihnak«, seine Frau und Maria packten zu und warfen ihn wie eine Eisenstange ins Bett.

Die Gäste erschienen in Gruppen: Engländer, Deutsche, von denen jeder noch Bekannte mitbrachte, die gehört hatten, daß es hier etwas zu essen gibt. Die Engländer erschienen hochdekoriert mit Luftschlangen und Luftballons, die Verwandten der Frau Major meinten pikiert, da hätten sie auch ihre Narrenkappen aufsetzen können.

Die Bescherung verlief noch nach dem vorgesehenen Zeremoniell. Der Major wurde neben dem Weihnachtsbaum an die

Wand gelehnt, hielt sich stramm und sah geradeaus, das hatte er wirklich gelernt. Dann mußten sich alle in eine Reihe stellen, die führte durch mehrere Zimmer, er stand am Ende, wurde zu seinem Schreck als erster aufgerufen und so beschenkt, wie er das noch nie erlebt hatte.

Anschließend suchten alle an der riesigen Tafel, die Maria durch zwei Zimmer großzügig gedeckt hatte, ihren Platz, tauschten immerzu wieder ihre Plätze, weil Deutsche und Engländer nebeneinandersitzen sollten, eine geniale Idee des Majors, die ein wunderbares Kauderwelsch auslöste. Die Gäste versuchten in Englisch und Deutsch, beides zusammen und parallel, sich in einem Begriff findend und wieder auseinandertreibend, in einem deutschen Englisch und einem englischen Deutsch, Worte suchend, sich mißverstehend, sich gegenseitig aushelfend, Geschichten zusammenzustoppeln, die keiner verstand, aber alle amüsierten. Jeder fühlte sich seinem Gesichtsausdruck nach gut unterhalten, dankte mehrfach mit einem »Ach so, sehr schön« oder einem »Very nice«.

Während des Essens wurde es bereits lustig, nicht nur, weil viele schon vorher getrunken hatten und auch jetzt die Bowle vorzeitig zwischen den Gängen in großen Zügen genossen, obwohl Maria, die die einzelnen Gänge servierte, einigen englischen Offizieren die Bowle wieder wegnahm, weil die noch nicht einmal bei der Suppe angekommen waren. Gustav und Friedrich mußten, in Abwesenheit des Majors, der sich in die hinteren Gemächer verzogen hatte, die Bowle früher nachfüllen als gedacht. Das Fest geriet langsam, aber unaufhaltsam aus den Fugen, er sah das Unheil über seinen Plumpudding hinweg kommen, nicht nur weil die Deutschen die englische Weihnacht und die Engländer die deutsche Weihnacht nicht kannten, sondern weil bei jedem sehr unterschiedliche Lieder als Ausdruck ebenso unterschiedlicher Gefühle aus den weitgeöffneten Mündern emporstiegen und wie flatternde Fahnen in einem Heeresgetümmel die Räume durchzogen. Einige versuchten es noch mit deutschen Weihnachtsliedern, die die

Engländer nicht kannten, aber höflicherweise mit deutschen Volksliedern beantworteten, die auf nicht ganz geglückten harmonischen Umwegen als englische Schlager endeten, während die Verwandten der Frau Major ausschließlich die Karnevalslieder ihres Familienkomponisten im Kopf hatten. So ergab sich eine kontrapunktische Vermischung aus: O Tannenbaum, Der Mai ist gekommen, It's a long way to Tipperary, Bei Palm da is de Piep kapott, Stille Nacht, Heilige Nacht, Das Wandern ist des Müllers Lust, O my home, my home, Wie war dat früher schön doch in Colonia. Ein Medley, das zum Schluß in den Wunsch aller auslief, zu Fuß nach Köln zu gehen. Prost Neujahr! Das Fest begann dem Kalender nach als Weihnachtsfest, ging über in ein Silvesterfest, wurde zum Karnevalsfest, kreiste noch einmal zurück zum Ursprung als Weihnachtsfest, fiel wieder ins Neujahrsfest und endgültig in den Karneval zurück.

Maria war wütend, sie hatte ein deutsch-englisches Weihnachtsessen arrangiert, die Frau Major war im Karneval gelandet, Friedrich verhandelte mit einem ihrer Verwandten über die Gründung einer Brotschneidemaschinenfabrik, Gustav brachte einer Gruppe englischer Offiziere die Ballade bei »Warum ist es am Rhein so schön«, es klang wie ein Kaulquappenchor. Die Gesellschaft hatte sich in Gruppen und Grüppchen aufgelöst, dazwischen kroch der Major auf allen vieren aus dem Schlafzimmer, schlich sich in Richtung des Bowlentopfes, hangelte sich an dem Schrank hoch, schnappte sich einige Flaschen Cognac und Rum und Gin und leerte sie mit einem diabolischen Grinsen in die Bowle. Friedrich warnte jeden, der noch bei Verstand war, von diesem Gebräu auch nur einen Tropfen anzurühren, aber die meisten fanden sie verbessert.

Auch der Colonel, der in Socken neben dem mit Luftschlangen durchzogenen Weihnachtsbaum saß und die Bowle bemäkelte, »Too much water«, wurde nun zufriedener und erklärte ihm, wobei er seine Uniformjacke ständig auf- und zuknöpfte, die Verzweigungen der Royal Family. Während dieser sehr ernstgemeinten Ausführungen sah er, daß neben der englischen Fahne auf dem Weihnachtsbaum noch eine andere Fahne steckte, die er noch nie gesehen hatte. Er fragte den Colonel danach, der Colonel überlegte und erwiderte, es müsse die Fahne dieses Landes sein. Welches Land? Na dieses! Viel mehr war nicht zu erfahren. Irgendwann nach dem Krieg hatten die Engländer, so die lückenhafte Erinnerung des Colonels, ihren Teil Deutschlands in neue Länder zerlegt, das hier sei sogar die Hauptstadt des neuen Landes, dessen Namen keiner kannte, dessen Grenzen unbekannt waren. Irgendeiner im Headquarter wisse sicher Bescheid darüber, meinte der Colonel. Er fragte noch viele Monate danach jeden, den er traf, ob er schon einmal von diesem Land gehört habe, aber er fand keinen, der wußte, in welchem Land er jetzt lebte und daß er in einer Hauptstadt lebte. Es war den Menschen absolut unbekannt und anscheinend auch vollkommen egal.

Das Fest dauerte die ganze Nacht. Der Geräuschpegel stieg so, daß sich keiner mehr unterhalten konnte. Jeder schrie über die Köpfe anderer durch den Raum, jeder wünschte irgendeinem im Nebenzimmer Happy Christmas, was der mit Alaaf beantwortete. Der Major freute sich wie ein Kind über die vielen feiernden, trinkenden, singenden Gäste, geriet in ruckhafte Bewegungen, sprang wie eine verrücktgewordene Marionette durch die Wohnung und schrie: »Schön schön deutsch deutsch Weihnak!«

Er zog sich auf die Fensterbank zurück. In den Fenstern spiegelten sich die herumtobenden Menschen. Es war nicht zu erkennen, wie das hier einmal aufhören sollte. Als wollten sie alle die über Jahre versäumten Feste auf einmal nachholen. Es war ein Ausbruch von Tanz und Gesang und Geschrei, der aus dem Anlaß heraus explodiert war, jede Form verloren hatte, eine Raserei. Jeder schrie, als ob er sich vergewissern wolle, daß er noch lebe, sprang herum, um zu erleben, daß sein Körper noch nicht, wie der so vieler anderer, in einem Grab lag, übermütige Tiere auf einer Wiese, die man aus einem dunklen Stall gelassen hatte. Die Flaschen gingen von Hand zu Hand, jeder trank mit jedem, einige fielen unvermittelt in einen Tiefschlaf, andere lallten gemeinsam Tannenbaum, am Rhein so schön, Fuß nach Kölle jonn, die, die noch stehen konnten, zogen die Schlaftrunkenen hoch, bildeten eine johlende Polonaise durch die Räume, die Umfallenden wurden mitgeschleift, schön schön deutsch deutsch Weihnak. [...]

HELGA SCHUBERT

Mein warmer Weihnachts-Oster-Kuchen

Es hat noch nie jemand mit mir Weihnachtsplätzchen gebacken. Das Plätzchenbacken würde Weihnachten nach vorn verlängern, um eine Woche vielleicht, das heißt es zu verhindern. Meine Abneigung gegen das Backen von Plätzchen hat sich auf das gesamte Jahr ausgedehnt.

Aber ein geeignetes Rezept weiß ich trotzdem, für einen gemütlichen, warmen Kuchen, ein Rezept ohne Waage, eins, zu dem alle Zutaten immer im Küchenschrank vorhanden sind. Ein relatives Rezept, passend zu allen Tageszeiten und Gelegenheiten, darum auch zu Weihnachten. Man kann mit dem Zusammenrühren der Zutaten beginnen, wenn die überraschenden Gäste ihre Mäntel, ihre Schneematsch- oder Regenschuhe draußen im Vorflur noch ausziehen. Beim Begrüßungstee ist der Teig schon im vorgewärmten Backofen. Wenn sich die Gäste nicht angemeldet haben, man den Herd also erst bei ihrem Stiefel-Ausziehen anschaltet, kann der Teig beim Wärmerwerden im Backofen noch gehen. In einen vorgeheizten Backofen aber darf man nur bereits aufgegangen Hefeteig schieben. Denn: Die Hitze stoppt ihn beim noch weiteren Aufgehen. Einer Tochter hätte ich das bei der Weihnachtsbäckerei gesagt: Niemals über einhundertachtzig Grad backen, hätte ich gewarnt. Er reicht für mehrere und muss warm gegessen werden. Beim Aufbacken wird er hart.

Mein Rezept ist ein Hefeteig für den ersten Feiertag, aber auch, wie gesagt, für Ostern oder den Geburtstag der Kammersängerin morgen im Dorfkrug für siebzig Leute, nachdem sie in der Dorfkirche romantische Lieder gesungen haben wird. Aber jetzt ist Frühling, gerade Ostern vorbei, und ich darf nicht von Weihnachten ablenken.

Ein Platz für Weihnachten in meinem Herzen, wenigstens

ein Plätzchen? Ein dummes Wortspiel, für das ich mich entschuldige, verlassen mich doch am Heiligabend alle Reste von Ironie, die ich durchs Leben gerettet habe. Den Fernsehleuten muss es übrigens auch so wie mir gehen: Das merke ich am Programmwechsel: Sie wagen sich am ersten Feiertag so ab 21 Uhr wieder hervor. Karfreitag gibt es diesen Programmwechsel gegen Abend auch, doch da freue ich mich auf die Auferstehung am übernächsten Tag. Aber nach Heiligabend folgt keine Auferstehung, wenn man von Neujahr eine Woche später absieht. Weihnachten wiegt schwer, fast wie ein eiserner Ring um mein Herz. Oder wie eine bevorstehende Operation. Heiligabend gegen 16 Uhr, wenn der harte Kern von Weihnachten beginnt, hoffe ich auf das Aufwachen nach der Narkose am nächsten Tag: durchhalten.

Heiligabend braucht man meinen Teig nicht zu backen, es wird ja wohl niemand überraschend kommen: Heiligabend herrscht in Deutschland Ausnahmezustand. Besonders zwischen 18 und 21 Uhr. In dieser Zeit werden sogar die wenigen U-Bahn-Reisenden in Berlin per Lautsprecher persönlich begrüßt. So ist es mir einmal auf dem U-Bahnhof Berlin-Spandau gegangen, auf der Fahrt zwischen zwei unvereinbaren Heiligabend-Familien-Feiern. In dem Abteil saßen außer mir nur Obdachlose, glaube ich. Es sprach mich sogar am U-Bahnhof Rosa-Luxemburg-Platz an der Straßenbahn-Haltestelle, nachdem er sich einige Minuten besonnen und überwunden hatte, vollkommen höflich ein sympathischer Mann mit den Worten an: Sind Sie heute am Heiligabend auch zufällig allein? Nein, sagte ich, im Gegenteil. Er war nicht aufdringlich, nur eben in dieser Heiligabend-Einsamkeit zwischen 18 und 21 Uhr. Um 21 Uhr, hätte ich ihm noch tröstend sagen können, ist alles vorbei, dann haben Sie es überstanden, dann kommen die ersten alten Ehepaare von ihren Enkel-Familien zurück. Dann können Sie sich unter sie mischen: Ihre Jacketts werden nach Glühwein und Pfefferkuchen duften, wenn Sie nahe genug an sie herangehen. Aber meine Straßenbahn kam, und er blieb stehen an dieser Haltestelle. Wenn man richtig allein ist am Heiligabend, dann muss man sein Leben überdenken, dachte ich.

Schon als Kind sollte ich immer pünktlich am 24. Dezember in eine bestimmte vorgeschriebene Stimmung verfallen, und zwar wie ALLE ANDEREN NORMALEN MENSCHEN. Weihnachten gehörte schon damals den andern: meiner Mutter, die nie und nimmer an das Christkind glaubte, aber die Weihnachtslieder in der Kirche singen wollte, einmal im Jahr in der Kirche die Weihnachtslieder, hauptsächlich Stille Nacht. Ich Tochter sollte in Weihnachtsstimmung den Heiligabend mit meiner Mutter verbringen: Heiligabend ist der Testfall für die Liebe und die Familie. Wer mit wem in diesen drei Stunden im Jahr ein Weihnachtslied unter dem Tannenbaum singt, gehört zusammen.

Weihnachten gehörte den Familien der verheirateten Geliebten.

Weihnachten gehörte den Stollen-Bäckerinnen aus dem Vogtland (mit heißer Butter begossen sie den Laib und siebten dann Puderzucker darüber, das hält sich bis Ostern).

Weihnachten gehörte dem Mann aus dem Erzgebirge, den ich trotz Vorwarnzeichen mit zwanzig heiratete. (Heute, vierzig Jahre nach der Scheidung von ihm, sehe ich ein, dass diese Ehe am ersten gemeinsamen Weihnachtsfest schon gescheitert war.) Wegen unseres Neugeborenen musste dieser Mann zum ersten Mal ohne seine Mutter und ihr Siebenerlei mit mir in Berlin verbringen. Und eben dieses Traditionsessen, das ich zwischen den Stillzeiten herstellte, misslang: Linsen und Salz und Brot gingen ja noch, aber die übrigen vier Dinge waren zu hart oder zu weich geworden. Sauerkraut war wohl auch dabei. Ich hatte gerade Prüfungen im Studium bestanden und dieses Siebenerlei einfach nicht ernst genug genommen. Wir konnten nicht zusammen darüber lachen. Zur Liebe, das erkannte ich damals, taugen nur Männer, die Weihnachten ihren Humor behalten. Mit ihm feierte ich die wenigen gemeinsamen

Weihnachten danach nie mehr in Berlin, sondern bei seinen Eltern im Erzgebirge. Wir fuhren mit unserm kleinen Kind die vielen Stunden im kalten Zug bis Dresden, dann nach Karl-Marx-Stadt, dann mit dem Bus in sein Dorf (mit der Wärmflasche in seinem ungeheizten Kinderzimmer in seinem eiskalten Federbett). In der Küche seiner Eltern gab es dann das richtige Siebenerlei. Zu Hause in Berlin hatten wir seine durcheinanderbimmelnden, mehrstöckigen, gedrechselten Weihnachtspyramiden der Vorweihnachtszeit verlassen und die geschnitzten Nussknacker auch, die er mir zu Weihnachten geschenkt hatte, nach der Scheidung aber wieder abnehmen würde (einer blickte noch böser als der andere, vor kurzem hab ich sie, erleichtert, dass ich ihnen entkommen konnte, auf einem Foto seiner Haustreppe in der Weihnachtszeit stehen sehen, mit unzähligen Nachkommen, dicht an dicht, Stufe über Stufe, wie eine finstere Armee). Dort in seinem Dorf bimmelten und knackten sie schon, ich bin allhier, schrien die Nussknacker und die Pyramide. Man konnte leicht vergessen in diesem Wirrwarr, dass der Heiland heute geboren wurde.

Nur in einer Krippe.

Aber seltsam: Wenn wir am ersten Feiertag früh um halb fünf ohne zu sprechen in wirklicher Eiseskälte in die Frühmette ins Tal gingen und aus allen umliegenden Dörfern unzählige Menschen die weißen Hänge auch herab in die Kirche kamen, ja, dann war ich plötzlich wie in einer anderen Welt, in der es Weihnachtsengel gab.

Weihnachten gehörte aber auch denen, die Jahr um Jahr ihre Kindheitsweihnachten beschwören, voller Vorfreude. Die erzählen, wie es war, vor dem Krieg, als alle noch lebten, in der kleinen Stadt, die jetzt polnisch ist. Nichts ist geblieben, nur ihr Weihnachten ganz innen.

Mir gehört der Ostersonntagvormittag. Mit seinem Er-ist-wahrhaftig-auferstanden und seinem Vom-Eise-befreit. Zu Ostern brauche ich keine vorwurfsvollen Blicke zu ertragen: Du hast ja schon wieder keine richtige Osterstimmung.

Da muss ich nicht falschen Frieden fühlen, denn die Woche vor Ostern hat es wieder gezeigt: Erst bejubeln sie Ihn, dann verraten sie Ihn, dann tut Er ihnen Leid, dann wird Er trotzdem gekreuzigt, dann will es niemand gewesen sein, jemand bringt sich sogar um aus Scham. Und Er denkt: Ich tue es für andere, es ist mir vorherbestimmt, gekreuzigt zu werden, das muss nun so sein. Und es gibt immer welche, die zu Ihm halten, die Ihm die Wunden lindern und die Ihn salben, sogar die Steine vom Grab wegräumen, damit Er auferstehen kann. So ist das Leben, und darum will ich Ostern feiern. Vielleicht ist Er mir am Heiligabend einfach zu hilflos. Ich müsste die Hilflosigkeit feiern und das Ausgestoßensein und den unerschütterlichen Glauben dieser Maria an ihr Kind. Und so etwas ändert sich eben nicht so schnell wie in der Osterwoche. Das ändert sich im besten Fall überhaupt nicht.

Aber nun das Rezept: Man nehme KEIN EI, aber dreieinhalb Tassen Mehl und eine oder zwei Tüten Trockenhefe, je nachdem, wie groß die Tassen sind, denn man kann natürlich auch große Suppentassen nehmen, dann ist es ziemlich viel Mehl, und man braucht eben mehr Hefe, mit etwas Zucker und siebe es zusammen in eine kleine Waschschüssel, dann gebe man 1¼ Tasse warme Milch und eine ¾ Tasse Olivenöl dazu und verknete alles mit den Händen zu einem großen Kloß.

Man entscheide sich nun, ob man einen süßen Weihnachtskuchen oder einen Zwiebelkuchen backen will.

Für einen süßen Weihnachtskuchen vermische man den Kloß mit einer Tüte Sultaninen, Rum, ein bis zwei ausgepressten Zitronen, Zimt, Orangeade, Ingwer, Schokoladenraspeln, Zucker und Zimt. Man kann auch einen klein geschnittenen Apfel unterkneten.

Wenn man aber einen Zwiebelkuchen backen will, vermische man den Kloß mit fünf klein geschnittenen Gemüsezwiebeln, Knoblauch, einer Hand voll Oregano, Pfeffer und etwas Salz. Man kann klein geschnittene Tomaten unterkneten. Statt Oregano kann man auch mit einer Hand voll Kümmel würzen, das schmeckt dann wieder vollständig anders, nicht so weihnachtlich.

Den jeweiligen Kloß stellt man warm, bedeckt ihn gegen Zugluft mit einem Küchenhandtuch und lässt ihn eine Stunde gehen. Dann fettet man ein Blech und klopft den Kloß darauf mit flachen Händen, die man immer wieder in etwas Mehl taucht, auseinander, zieht ihn in die Ecken und lässt ihn noch einmal gehen.

Dreißig Minuten backen. Ohne Teller zusammen an einen Tisch setzen mit dem Kuchen in der Mitte auf einem großen Holzbrett. Kerzen an. Noch warm auseinanderreißen und zu heißem Kakao oder Kaffee oder Rotwein oder Glühwein ganz und gar verschlingen.

Das vertreibt die Weihnachtswehmut.

Und dann kann Ostern kommen.

Der Weihnachtsbaum

Später kommen sie meist alle in den Keller oder man wirft sie kurz und bündig auf den Schutthaufen. Aber ich kannte auch jemand, dem genügte es nicht, die erlesene Tanne im Silberkleide zu plündern, alle die Äpfel und Nüsse und Näschereien, er sog auch noch das edle Blut aus ihrem Stamm und ihren Zweigen. Und als das neue Jahr kam, warf er den Weihnachtsbaum mit dem schimmernden Wachsengel in der Krone, – in die Wanne, zu stärken seine Glieder im duftenden Extrakt der frommen Nadeln.

Ähnlich wie dem Weihnachtsbaum ergeht's dem Menschen; er ist des erkorenen Baumes: Symbol. Es unterhalten sich gerne über die Weihnacht der Liebe, in ihrer grünen Sprache, die der Wind zu vermitteln pflegt, die Tannenbäume; schon die, die noch in die Baumschule gehen.

Nicht jedes von uns Kindern, Sonntagsmenschenkindern, steht einmal »ganz« im Glanz! Angezündet auf dem blauen Tisch der Weihnachtszeit; aber »jede Mama« auf Erden mit Spiel und Zuckerzeug behangen. Ihre Lichte brennen ewiglich – denn der Mutter Liebe brennt noch im Grabe und vom Himmel für ihr Kind.

Jeder Mensch möchte wenigstens ein einziges Mal »ganz« im Lichte stehen ... Doch wenn auch nur ein *einziges* Zweiglein brennt! Im ganzen Zauber des Lichts mit glitzernden Wundern geschmückt, gehört freilich zum Ausnahmeglück.

Nur die Liebe vermag den Wandel vom Dunkelsein zur Lichtwerdung zu vollbringen. Die Liebe will immer Weihnachten feiern, will anzünden und angezündet werden, beschenken und behangen werden mit bunterlei Sternen. Störe die Weihnacht nicht – über sie leuchtet der Engel der Liebe ...

Trenne Liebende nicht – über sie leuchtet der Stern der

Weihnacht. Es erlöschen so bald die Lichte der liebenden Herzen, sie werden – wie vom Wehen – über Nacht ausgeblasen.

Die Liebe ist der holde Baum der Weihnacht; er ist – in Wahrheit nicht käuflich noch umzupflanzen. *Er ist unser aller Liebesgut.* Immer neigt er seine strahlenden Zweige – uns Liebe zu pflücken. Sein leuchtendes Ebenbild zu werden, möchte ich mir wohl wünschen, immer wieder aufzuerstehen:

Wir welken längst wo angelehnt,
Am grauen Steine einer alten Mauer;
So ausgelöscht und haben uns gesehnt,
Nach einem einzigen Lichtlein in der Weltentrauer.

Wie nie auf einmal standen wir im Glanz,
Und unsere feierlichen Herzen hingegeben,
Verglühten ineinander wie im Tempeltanz.

Was soll ich weiter und auch du mit deinem Leben,
Lichtlosem Dasein, das hell brannte in die Nacht,
Jäh umgebracht –
Mit meinem funkelte noch eben …

KURT TUCHOLSKY

Was unternehme ich Silvester?

Soll ich zu Kallmanns gehen? Die zünden ihren Tannenbaum an, drehen das Grammophon auf, das ihnen *›Stille Nacht, heilige Nacht‹* vorkratzt, die Kinder lagern sich mit den Torsos ihrer Spielsachen auf den guten Teppich, und Vater raucht die neue Pfeife an. Mutter Kalimann spricht mit mir über die Dienstbotenmisere, und ich sage: »Jawohl, gnädige Frau! … Gewiß, gnädige Frau! … Denken Sie nur, gnädige Frau!« Das andre sagt sie. Ich werde doch lieber nicht zu Kallmanns gehen.

Soll ich zu meiner Freundin mit der schönen Seele und den dicken Beinen gehen? Sie wird feuchte, große Augen machen und mich mit Erinnerungen plagen. Sie wird feierlich gestimmt sein, was ihr gar nicht steht, und wird hochzeremoniös – auch sie – den Weihnachtsbaum entzünden und sagen: »Lieber Peter …« Bu. Ich werde doch lieber nicht zu meiner schönen Seele gehen.

Soll ich auf einen öffentlichen Ball gehen? Da werden sich zweitausend Menschen in Räumen drängen, die nur für zweihundert berechnet sind. Kellner werden sich den Sacharinsekt zu Valutapreisen aus den Händen schlagen lassen, und irgendwo im Wirbel und Rauch lärmt eine Kapelle. In der Mitte tun ein paar Leute so, als ob sie tanzten. Es sind alle da: man zeigt sich die Herren aus der Wilhelmstraße, Kino-Namen werden geflüstert, und die Bühne hat ihre besten Vertreter … auch die Wissenschaft … Nur die Kokotten benehmen sich anständig. Wer wird auch Silvester fachsimpeln, wenn mans das ganze Jahr tun muß …! Die Luft wird stickig und verbraucht sein, die Scherze auch. Nein – ich werde doch lieber nicht auf einen öffentlichen Ball gehen.

Soll ich auf einen privaten Ball gehen? (Oho! Ich bin eingeladen!) Die Zimmer werden ausgeräumt sein, die Lampen blau und lila umkleidet. Es wird Sekt geben und kleine Brötchen. Am Klavier ein Mann und eine Geige. Es wird viel und hingebend getanzt. Auf dem Teppich und auf den Sofas knautschen sich die Paare, so, als ob es auf der ganzen weiten Welt kein Bett gäbe. Nur die festen Verhältnisse benehmen sich anständig. (Man soll nichts verreden.) Die Tochter vom Haus wird alle Minen ihres goldenen Temperaments springen lassen – sie findet es so furchtbar interessant, das alte Wort zu variieren: Immer davon sprechen, aber es nie tun! Die jungen Herren werden sich bei den jungen Damen alle Freiheiten erlauben, weil sie nichts kosten. Auch Hessen-Nassau ist eine Provinz. Nein, ich werde doch lieber nicht auf einen privaten Ball gehen.

Also: was dann –? Ich schlage vor, wir füllen die kleine blaue Blumenvase wie gewöhnlich mit roten Blumen und trinken einen stillen roten Wein. Vielleicht erwachst du nachts so gegen zwölf. Ich werde dir dann sagen: »Liebe – ich glaube, jetzt muß ich mir einen Zylinder aufsetzen und du schlägst ihn ein. Das ist so Sitte.« Und darauf du: »Ich bin so müde. Gute Nacht.«

Und wenn du morgen früh aufwachst, ist es – wetten, daß? – 1922, und ich küsse dir das neue Jahr aus den Augen. Und da es ein alter Aberglaube ist, daß man das ganze Jahr hindurch tun wird, was man Silvester tut, so eröffnen sich für uns freundliche und wahrhaft erfrischende Perspektiven. Prosit Neujahr!

ROBERT GERNHARDT

Gut gesagt

»Das Weihnachtsfest
Steht vor der Tür –
Genau gesagt:
Es ist schon hier,
Genauer noch:
Es ist vorbei,
Wir schreiben ja
Den ersten Mai«

(Inschrift auf einem Streichholz
aus dem Salzkammergut)

Textnachweise

I

JOACHIM RINGELNATZ (1883–1934)
Draußen schneit's
Aus: Ders.: Sämtliche Gedichte. Diogenes, Zürich 1997

JOSEPH ROTH (1894–1939)
Weihnachten in Cochinchina
Aus: Ders.: Werke in vier Bänden. Bd. 3. Kiepenheuer & Witsch, Köln 1976

MARIE VON EBNER-ESCHENBACH (1830–1916)
Das Weihnachtsfest war nahe
Aus: Dies.: Werke. Aufbau Verlag, Berlin u. Weimar 1985

ILSE AICHINGER (1921–2016)
Vor der langen Zeit
Aus: Dies.: Kleist, Moos, Fasane. Fischer Taschenbuch Verlag, Frankfurt am Main 1991

WALTER BENJAMIN (1892–1940)
Ein Weihnachtsengel
Aus: Ders.: Einbahnstraße / Berliner Kindheit um Neunzehnhundert. Fischer Taschenbuch Verlag, Frankfurt am Main 2011

HANS FALLADA (1893–1947)
Lüttenweihnachten
Aus: Ders.: Ausgewählte Werke in Einzelausgaben. Hg. von Günter Caspar. Bd. 9: Märchen und Geschichten. Aufbau Verlag, Berlin 1985

REINHOLD MESSNER (* 1944)
Weihnachten in der Antarktis. Ernest Shackletons Nimrod-Expedition 1908
Aus: Ders.: Wild oder Der letzte Trip auf Erden. S. Fischer Verlag, Frankfurt am Main 2017

ROGER WILLEMSEN (1955–2016)
Letzte Bundestagssitzung vor der Weihnachtspause
Aus: Ders.: Das Hohe Haus. S. Fischer Verlag, Frankfurt am Main 2014

II

THOMAS HÜRLIMANN (* 1950)
Meine Weihnachtsgeschichte
Aus: Ders.: Berliner Madonna. In: Ders.: Abendspaziergang mit dem Kater. S. Fischer Verlag, Frankfurt am Main 2020

JOHANN WOLFGANG GOETHE (1749–1832)
Weihnachtsbrief an Johann Christian Kestner vom 25. Dezember 1772
Aus: Goethes Werke. Herausgegeben im Auftrag der Großherzogin Sophie von Sachsen. IV. Abteilung: Goethes Briefe, Bd. 1–50, Weimar 1887–1912.

JEAN PAUL (1763–1825)
Weihnachts-Chiliasmus – neuer Zufall
Aus: Ders.: Leben des Quintus Fixlein (Dritter Zettelkasten). In: Ders.: Sämtliche Werke. Abt. I. Bd. 4. Carl Hanser Verlag, München 1962

E. T. A. HOFFMANN (1776–1822)
Der Weihnachtsabend
Aus: Ders.: Nußknacker und Mausekönig. In: Ders.: Die Serapions-Brüder. Winkler, München 1963

SELMA LAGERLÖF (1858–1940)
Die Heilige Nacht
Aus: Dies.: Geschichten zur Weihnachtszeit. A. Langen, München 1948

ADALBERT STIFTER (1805–1868)
Weihnacht
Aus: Ders.: Gesammelte Werke. Bd. 14. Birkhäuser Verlag, Basel u. Stuttgart 1972

THOMAS MANN (1875–1955)
Briefe zur Weihnachtszeit
Aus: Weihnachten mit Thomas Mann. Hg. v. Sascha Michel. Fischer Taschenbuch Verlag, Frankfurt am Main 2009

THOMAS MANN (1875–1955)
Der Heilige Abend bei den Buddenbrooks
Aus: Ders.: Buddenbrooks. Verfall einer Familie. S. Fischer Verlag, Frankfurt am Main 1960/1974

EDUARD VON KEYSERLING (1855–1918)
Die Winternacht
Aus: Ders.: Abendliche Häuser. Steidl Verlag, Göttingen 1998

ELIAS CANETTI (1905–1994)
Weihnachtsfeier im Pensionat Yalta
Aus: Ders.: Die gerettete Zunge. Geschichte einer Jugend. Carl Hanser Verlag, München, Wien 1977/1994

O. HENRY (= WILLIAM SIDNEY PORTER, 1862–1910)
Das Weihnachtsgeschenk
Eugen Rentsch Verlag, Zürich 1924

WOLFGANG BORCHERT (1921–1947)
Die drei dunklen Könige
Aus: Ders.: Das Gesamtwerk. Hg. von Michael Töteberg unter Mitarbeit von Irmgard Schindler. Rowohlt Verlag, Reinbek bei Hamburg 1949

THEODOR FONTANE (1819–1898)
Die Feuersbrunst
Aus: Ders.: Ellernklipp. In: Werke, Schriften und Briefe. Abteilung I, Bd. 1. Carl Hanser Verlag, München 1966 ff.

GERHARD ROTH (* 1942)
Feuer
Aus: Ders.: Das Alphabet der Zeit. S. Fischer Verlag, Frankfurt am Main 2007

ULRICH TUKUR (* 1957)
La Bambola. Ein venezianisches Weihnachtsmärchen
Aus: Ders.: Die Seerose im Speisesaal. Venezianische Geschichten. Ullstein, claassen, Berlin 2007

WOLFGANG HILBIG (1941–2007)
Weihnachtswald
Aus: Ders.: Werke, Bd. 2: Erzählungen und Kurzprosa. S. Fischer Verlag, Frankfurt am Main 2009

PETER STAMM (* 1963)
Marcia aus Vermont
Aus: Ders.: Marcia aus Vermont. Eine Weihnachtsgeschichte. S. Fischer Verlag, Frankfurt am Main 2019

ZSUZSA BÁNK (* 1965)
Weihnachtshaus
Aus: Dies.: Weihnachtshaus. Evangelische Verlagsanstalt (edition chrismon), Leipzig 2019

III

DIETER FORTE (1935–2019)
Deutsch-englischer Weihnachtskarneval. Düsseldorf 1945
Aus: Ders.: In der Erinnerung. S. Fischer Verlag, Frankfurt am Main 2001

HELGA SCHUBERT (* 1940)
Mein warmer Weihnachts-Oster-Kuchen
Aus: Die Plätzchenerfinder. Autoren im Backwahn. Ein Back- und Lesebuch. Hg. v. Petra Gropp, Jürgen Hosemann, Günther Opitz, Oliver Vogel. Fischer Taschenbuch Verlag, Frankfurt am Main 2005

ELSE LASKER-SCHÜLER (1869–1945)
Der Weihnachtsbaum
Aus: Es begibt sich aber zu der Zeit. Texte zur Weihnachtsgeschichte. Hg. v. Walter Jens. Fischer Taschenbuch Verlag, Frankfurt am Main 2012

KURT TUCHOLSKY (1890–1935)
Aus: Weihnachten mit Kurt Tucholsky. Hg. v. Axel Ruckaberle. Fischer Taschenbuch Verlag, Frankfurt am Main 2010

ROBERT GERNHARDT (1937–2006)
Gut gesagt
Aus: Weihnachten mit Robert Gernhardt. Hg. v. Johannes Möller. Fischer Taschenbuch Verlag Frankfurt am Main 2017

Es begibt sich aber zu einer Zeit
Texte zur Weihnachtsgeschichte
Herausgegeben von Walter Jens
Band 15749

Gedichte und Geschichten aus Barock, Klassik und Romantik, vor allem aber aus dem 20. Jahrhundert. Dieses klassische Lesebuch versammelt Texte zur Weihnachtsgeschichte. Es zeigt, wie Weihnachten – je nach Ort, Zeit und demjenigen, der da erzählt – immer wieder neu und anders erlebt wird.

»Dieses Buch eröffnet wirklich
weit mehr Fenster als jeder Adventskalender.
Wer hier auf Entdeckungsreise geht, findet am
Ende sein eigenes Weihnachten.«
Norddeutscher Rundfunk

Fischer Taschenbuch Verlag

fi 15749 / 1

Die schönsten Weihnachtsgeschichten
Herausgegeben von Michael Adrian
Band 90312

Zu Weihnachten lauern die Geschichten an jeder Ecke. Der Countdown beginnt schon im November, wenn die Festtagsvorbereitungen anlaufen. Die Adventszeit ist voll Trubel, es kommt Besuch, und da zu Weihnachten noch mehr Besuch kommt, ist immer viel zu tun. Über allem liegt die erwartungsvolle Spannung, die wir aus Kindertagen kennen. So erzählen die Weihnachtsgeschichten in diesem Band von den Turbulenzen der Vorbereitung, den Erwartungen, Enttäuschungen und Hochgefühlen, die das Jahresende so unvergesslich machen.

Mit Texten von Theodor Fontane, Thomas Mann und anderen.

Das gesamte Programm von Fischer Klassik
finden Sie unter:
www.fischer-klassik.de

Fischer Taschenbuch Verlag

fi 90312 / 1

Charles Dickens
Weihnachtsgeschichten
Band 90113

Allein zu Hause, an Weihnachten? Der knallharte Geschäftsmann Ebenezer Scrooge bekommt Besuch. Allerdings aus der Geisterwelt: Weihnachtsgeister aus Vergangenheit, Gegenwart und Zukunft sorgen dafür, dass der fiese Geizhals sich nicht mehr wohl fühlt in seiner Haut. Aber kann Weihnachten einen besseren Menschen aus uns machen?

Inhalt: ›Weihnachtslied‹, ›Der Behexte und der Pakt mit dem Geiste‹, ›Die Silvesterglocken‹, ›Auf der Walstatt des Lebens‹

Fischer Taschenbuch Verlag

fi 90113 / 1

Theodor Fontane
Weihnachten mit Theodor Fontane
Herausgegeben von Michael Adrian
Band 90218

Noch einmal ein Weihnachtsfest,
Immer kleiner wird der Rest,
Aber nehm' ich so die Summe,
Alles Grade, alles Krumme,
Alles Falsche, alles Rechte.
Alles Gute, alles Schlechte –

Rechnet sich aus all dem Braus
Doch ein richtig Leben raus.
Und dies können ist das Beste
Wohl bei diesem Weihnachtsfeste.

Theodor Fontane

Das gesamte Programm von Fischer Klassik
finden Sie unter:
www.fischer-klassik.de

Fischer Taschenbuch Verlag

fi 90218 / 1

Robert Gernhardt
Weihnachten mit Robert Gernhardt

Das Weihnachtsfest verbindet sich mit einer der bekanntesten Geschichten der Welt und ruft so die Nacherzähler ebenso auf den Plan wie die zweifelnden Zuhörer. An Weihnachten knüpfen sich schöne wie schreckliche Kindheitserinnerungen, abendländische Hochkunst ebenso wie unglaublicher Kitsch. In all dieses Facetten schillert das Weihnachtsfest über alle Gattungsgrenzen hinweg in Gernhardts Gesamtwerk. Der vorliegende Band ist eine neue Auswahl aus der unerschöpflichen Fundgrube des Gernhardt'schen Werks und versammelt seine witzigsten, schönsten und nachdenklichsten Gedichte, Geschichten und Zeichnungen zum Fest.

176 Seiten, gebunden

Weitere Informationen finden Sie auf
www.fischerverlage.de

AZ 596-52210/1

Zsuzsa Bánk
Weihnachtshaus

Eine berührende Weihnachtsgeschichte über eine innige Freundschaft und die Momente, in denen man das Leben beim Schopf packen muss. In diesem Advent scheint vieles möglich, die Zeit des Haderns ist vorbei, die Nacht leuchtet hell, und das Universum schickt seine Grüße ...

»Ein wundervoll funkelndes, tröstendes Buch. Und wenn es denn möglich wäre, dann würde es nach Pfefferkuchen, Zimt, Bienenwachs und Marzipan duften.«
Annemarie Stoltenberg, NDR Kultur

112 Seiten, broschiert